BLAISE CENDRARS
RUM

Blaise Cendrars

BLAISE CENDRARS

RUM

ROMAN

IM VERLAG DER ARCHE ZÜRICH

Titel der französischen Originalausgabe:
«Rhum», Bernard Grasset, Paris
Ins Deutsche übertragen von Trude Fein

Printed in Switzerland by Druckerei Baumann AG, Menziken
ISBN 3 7160 1597 0

ICH WIDME DIESES ABENTEUERLICHE
LEBEN DES JEAN GALMOT
DEN JUNGEN MENSCHEN VON HEUTE,
WELCHE DER LITERATUR MÜDE SIND,
UM IHNEN ZU BEWEISEN,
DASS AUCH EIN ROMAN EINE TAT
SEIN KANN. B. C.

RUM

DER MANN, DESSEN HERZ VERLOREN GING

Eine sonderbare Geschichte . . .

Jean Galmot, der Abgeordneter von Guayana wurde, nachdem er Goldsucher, Trapper, Organisator des Rum- und Rosenholzhandels und übrigens auch Journalist gewesen war, hat auf seinem Totenbett seine politischen und persönlichen Feinde ausdrücklich beschuldigt, ihn durch die Hand seines Dienstmädchens Adrienne vergiftet zu haben.

Drei medizinische Sachverständige wurden mit der Untersuchung des Falls betraut: Dr. Desclaux, Dr. Dervieux und Prof. Balthazard.

Der Leiter des toxikologischen Laboratoriums, Kohn-Abrest, erhielt den Auftrag, eine Gegenexpertise durchzuführen.

Bei diesem Anlaß stellte es sich heraus, daß Galmots Herz verschwunden war.

Man nimmt an, es sei in Guayana geblieben.

«Mein Herz wird euch nie verlassen!» hatte Jean Galmot seinen guayanischen Wählern in einer der unwiderstehlich zündenden Ansprachen

gelobt, die ihm im Lande des Bagno und des Eldorado die Liebe des Volks gewonnen hatten.

Haben ergebene Freunde Galmots, dem Willen des Toten getreu, das Organ in aller Heimlichkeit dem Zugriff der Gerichtsmediziner entzogen?

Oder ist vielleicht das Herz durch die Nachlässigkeit oder Überbelastung irgendeiner Amtsstelle in eine falsche Schublade oder Akte geraten?

Bei Vergiftungsverdacht ist das Herz ein zu wichtiges Organ, als daß die medizinischen Gutachter es einfach vernachlässigen könnten.

Man wird also Nachforschungen anstellen. Aber wird man es finden? Und in welchem Zustand?

Jedenfalls ist es unwahrscheinlich, daß die Justiz es vergessen haben könnte.

Man fragt sich, ob die Justiz – von Guayana, versteht sich – nicht alle Vorkehrungen getroffen hat, damit die geheimnisvolle Tragödie von Jean Galmots Tod niemals aufgeklärt wird.

Die gerichtlichen Beweisstücke – die fünfunddreißig Kisten füllten – sind bereits verloren gegangen. Man ließ alle möglichen Zeugen und Mitschuldigen nach Frankreich bringen, doch die Hauptangeklagten, jene Leute, die von der öf-

fentlichen Meinung für schuldig erklärt werden, laufen einstweilen noch frei in Guayana herum.

Diese Notiz, die in einer vorjährigen Zeitung zu lesen ist, trägt den Titel «Der Mann, dessen Herz verloren ging» und den Untertitel «Themis hat das Herz von Jean Galmot verlegt. Gegen guten Finderlohn abzugeben». Unmöglich, beim Lesen unbeeindruckt zu bleiben.

Seit dem vorigen Jahr ist viel Wasser ins Meer geflossen. Ein Prozeß wird stattfinden, der aber nicht dazu angetan ist, die verdächtigen Umstände, unter denen Jean Galmot starb, aufzuhellen. Zu Gericht sitzen wird man über seine Parteigänger, einige guayanische Galmotisten, für die dieser Tod ein nationales Unglück bedeutete, eine unerträgliche Ungerechtigkeit, die es zu rächen galt. Es wird ein Wunder sein, wenn man nicht über Jean Galmot selber herfällt, der ja letzten Endes an der Tücke und Treulosigkeit seiner Gegner ganz allein schuld war.

Nun, er ist nicht mehr da. Man möchte die Sache gern totschweigen. Eines seiner Bücher trägt den beunruhigenden Titel: *Ein Toter lebte unter uns*. Und jetzt ist sein Herz, sein totes

Herz verloren gegangen, wie das Handtäschchen einer hübschen Frau oder eine Brieftasche. Die Zeitungen reden schon darüber. Sie können gar nicht genug darüber reden!

Jean Galmot.

Ein Menschenleben.

Bei welchem Zipfel soll man es packen?

Ich begegnete ihm im Jahr 1919.

Galmots Legende war mir nicht unbekannt. Man lebt nicht wie ich jahrelang in den Kulissen der Geschäftswelt, in der «Bohème der Hochfinanz», wie ich es in der letzten Kriegszeit nannte (übrigens damals der einzige Rest des Quartier Latin), ohne sein Paris zu kennen. Damit meine ich nicht die sorgfältig à jour gehaltene Gesellschaftschronik, wer mit wem geschlafen hat, sondern die heimlichen Schachzüge von Börsenmaklern und Banken, durch die gewisse Geschäfte jäh auf den Gipfel der Popularität erhoben oder aber der öffentlichen Verdammnis preisgegeben wurden, wie zum Beispiel die Liquidierung der amerikanischen Stocks, das Internationale Karbidkonsortium, die Spekulation in geschwefeltem Most und den Skandal der *Banque Industrielle de la Chine*.

Und Jean Galmot?

Wahrhaftig eine Legende!

Im Jahre 1919 galt Jean Galmot als Millionär. Waren es zehn Millionen? Hundert Millionen? Ich hatte keine Ahnung. Aber er besaß Rum! Genug, um den Genfersee oder das Mittelmeer zu füllen! Dazu noch Gold, Gold in Form von Staub, von Körnern, von Barren! Da alle Kriegsgewinnler, alle Spekulanten und Neureichen von Frankreich sich Schlösser kauften, schrieb man Galmot gleich Dutzende davon zu. Er wäre ein Nabob, ein Gospodar, der ein Schlemmerleben führte und mehr Frauen hätte als der Großmogul in Person.

Wer war er?

Ein Abenteurer. Ein Abgeordneter.

Wo kam er her?

Aus Guayana.

Und der Klatsch blühte.

Da er sich mit Vorliebe auf Redaktionen herumtrieb und gern mit Schriftstellern und Künstlern verkehrte, tuschelte man sich insgeheim schimpfliche Dinge über ihn zu. Er wäre ein ehemaliger Seeräuber, er hätte sich zum König der Neger ausrufen lassen, er hätte Vater und Mutter umgebracht. Außerdem sollte er ein dunkler Geschäftemacher sein, ein Leuteschinder, der aufopferndste aller Freunde, ein Mensch ohne Erbarmen, ein Bluffer, ein brutaler Kerl, ein Unhold, ein Trottel, ein Prahlhans, ein Asket, ein Großtuer, der es den Parisern zeigen wollte, ein Wüstling, ein abgelebter Mensch, ein Muskelprotz, der sich auf Jahrmärkten produzierte und mit seiner Geliebten öffentliche Ringkämpfe aufführte, ein ehemaliger Zuchthäusler. Jemand versicherte mir sogar, daß er ein ganz schwerer Junge wäre.

Damals hatte ich ein Büro in der Größe eines Zigarettenetuis. Zwei Schiebetüren, Glühbirnen, ein Tischchen wie ein Notizbuch und einundzwanzig Telephonleitungen. Dort hielt ich mich den ganzen Tag auf. Meine Jahreszeiten waren der Ventilator und der Radiator. Die Börsenslips markierten die Stunden, die Leute, die jeweils fünf oder sechs aufs Mal eintraten oder hinausgingen, die Minuten.

Und von zehn Menschen, die mich aufsuchten, sprachen mir neun von Galmot.

Er war also kein Mythos. Der Mann existierte wirklich, da er sich für mich allmählich von seiner Legende loslöste und die Menschen jetzt schon bis in mein Büro hinein verfolgte. Federfuchser fragten mich aus, Journalisten informierten sich, Schmierenschauspielerinnen baten um Tips. Wie an den Spitzen langer Stricknadeln knüpften sich an den Enden meiner Telephondrähte tausendundein Verbindungen zwischen Geschäftsleuten und Politikern, zwischen Industriellen und Gesellschaftsmenschen, tausendundein Kombinationen, um Galmot blechen zu lassen.

Blechen hieß in diesem Fall irgendein Unternehmen finanzieren.

Wie leidenschaftlich es zuging!

Jeder brauchte Geld, um zu liquidieren oder neu anzufangen.

Der Krieg war zu Ende.

Ich hatte es erwartet. Eines schönen Tages hatte ich Galmot selber am Telephon. Er wünschte eine Verabredung mit dem Chef.

Als er mein Büro betrat, hatte ich den Eindruck, Don Quichotte in Person gegenüberzustehen.

Er war ein großer, schlanker Mensch, von katzenartiger Geschmeidigkeit, mit etwas vorgebeugten Schultern, und sah schlecht aus. Offenbar hatte er Untergewicht. Er wirkte sehr müde, sogar leidend: schlechte Gesichtsfarbe, rot unterlaufene Augen, als wäre etwas mit der Leber nicht in Ordnung. Eine gewisse bäuerliche Schüchternheit ging von seiner ganzen Person aus. Seine Rede war so nüchtern wie sein dunkelblauer Cheviotanzug, der nicht sehr gepflegt war, aber von einem guten Schneider stammte. Er sprach mit viel Gleichgültigkeit. Nur selten eine zögernde Geste, die auf halbem Weg stecken blieb. Haar und Augen schwarz. Doch was mir schon bei dieser ersten Begegnung am meisten auffiel, war sein Blick. Galmot hatte den eindringlichen, lächelnden, erwartungsvollen, reinen Blick eines Kindes.

Wie weit haben wir uns von seiner Legende, von den schmückenden Beiwörtern der Journalisten und den mühseligen Erfindungen seiner Gegner entfernt!

Es heißt, daß Balzac für die Personen seiner *Comédie humaine* Horoskope aufstellen ließ, aus denen er die Triebfedern ihres Handelns und den ganzen Verlauf ihres Schicksals ersah. Warum machen wir es mit wirklichen Menschen nicht so, wie er es mit seinen imaginären Gestalten machte?

Jean Galmot: geboren am 1. Juni 1879, fünfzehn Uhr, in Monpazier (Dordogne).

Auf Grund dieses einen Datums und der dürftigen geographischen Angabe wird mein Freund Moricand, für den die Astrologie keine Geheimnisse besitzt, Galmots «Himmel» skizzieren und uns sagen, wer dieser Mensch war, dessen Namen ich ihm übrigens nie verriet. Es ist ein kleines Meisterwerk an Berechnung und Intuition.

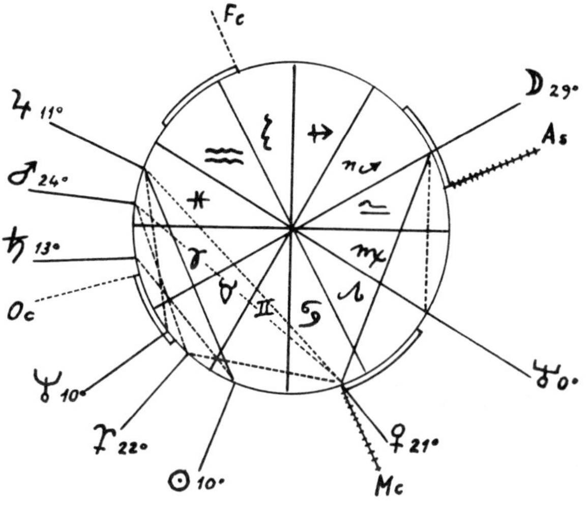

Mangelnde Stabilität.

Beweglicher Geist, kann sich nicht festlegen. Wenig schöpferisch. Zu kontemplativ.

Verliert sich gern in Träumereien und Phantasien.

Gefühlsbetont.

Vielfältige Bestrebungen, mangelhafte Disziplin. Interessiert sich für zu viele verschiedene Dinge, entscheidet sich schwer.

Empfänglich für den modernen Lebensstil unserer Zeit und seine Gefahren.

Spielt gern mit nebelhaften Gedanken, bis zur völligen Hingerissenheit.

Instinktive Seite stark ausgeprägt. Der Bauch dominiert, möchte sich aber dem Kopf angleichen.

Mystische Einstellung.

Läßt sich einzig vom Gefühl leiten.

Wenig Willenskraft und self-government.

Beweglichkeit.

Sehr beeinflußbar.

Impulsive Handlungen, die nachträglich bereut werden.

Macht sich Vorwürfe, gute Möglichkeiten, das Glück verpaßt zu haben.

Im tiefsten Grunde ist der Charakter stärker, als er scheint.

Konflikt zwischen Innen und Außen, überängstliche Natur, kann sich schwer festlegen oder entscheiden. Bei größerer Sicherheit auf physischem Gebiet könnte das Gefühlsmäßige zur treibenden Kraft werden. So beschränkt sich alles auf launenhafte Anwandlungen.

Künstlerisch veranlagt, pfuscht aber. Ein Übermaß an Phantasie und Sprunghaftigkeit erschwert das Schaffen. Neigung zu den schönen Künsten und zur schönen Literatur, mehr zu letzterem.

Neigung zur Bohème und zu Menschen von ursprünglicher Wesensart, die durch seinen nicht konformistischen Charakter begünstigt wird.

Geringe Vitalität. Zarte Gesundheit.

Es ist das Horoskop eines Menschen, der gleichzeitig verführt und selbst verführt wird. Männliches und weibliches Prinzip in konstantem Gleichgewicht, ohne sich gegenseitig zu behindern, was der seelischen wie der körperlichen Erscheinung etwas Verwirrendes verleiht.

Don Juan auf Macchiavelli geschminkt, der auf sich selber hineinfällt. Abwechselnd tarnt die Kraft die Schwäche und die Schwäche die Kraft.

Großer persönlicher Charme, der Charme einer zerrissenen Natur. Verbirgt sein inneres Pathos hinter einer Grimasse, die ein Lächeln vortäuscht.

Überaus ungünstige Konjunktion für April, Mai, Juni 1928: ein sehr schwerwiegendes Ereignis, wobei es um Liebe und Tod geht.

Ich rate der betreffenden Person, im Frühjahr 1928 zu verreisen und die Länder, die vom Löwen regiert werden, insbesondere Frankreich, zu meiden.

Man kann dieses Horoskop nicht ohne Schaudern lesen.

Jean Galmots ganzes Leben steckt darin: sein großartiges und klägliches Abenteuer, das ihn zum Idol eines ganzen Landes machte – und gleichzeitig zu einem Menschen, der von allen, für die sein Glück eine ständige Gefahr bedeutete, gehaßt und verfolgt wurde.

Sein Glück? Oder sein Pech?

Ein junger Mann aus guter Familie, der zum seriösen Studium an der *Ecole Normale Supérieure* bestimmt war, stattdessen aber mit einem meisterhaften Handstreich in der Dreyfus-Affäre und im kleinen Reich des Nizzaer Journalismus debütiert; ein kleiner Journalist, der sich eines schönen Tages dank dem Zufall einer Liebesheirat in einen Goldsucher, einen Kolonial-Kaufherrn, einen Vorkämpfer der Eingeborenen verwandelt und in Guayana, bei den Antipoden seiner alten französischen Provinz, ein unwirtliches, unglückliches Land, den Urwald, die Luft des Bagno und neue Horizonte für seine Träume entdeckt; ein magerer, bleicher Mann, der zum Industriemagnaten, zum großen Finanzmann, zum gefürchteten Politiker aufsteigt, um dann, als seine Feinde, von seiner Macht gestört, den richtigen Zeitpunkt für gekommen halten, von einem Tag zum anderen bis auf die unterste Sprosse der gesellschaftlichen Leiter hinabzustürzen; ein unermüdlicher Tatmensch, der mit achtundvierzig Jahren, nach der Entlassung aus dem Gefängnis, nach Guayana zurückkehrt, wo ihn ein ungeheurer Triumph erwartet; der sich gerade anschickt, sein Leben und den Kampf für die Eingeborenen, die ihn zärtlich «Papa Galmot» nennen, wieder ganz von vorn anzufangen, als ein jäher, tragischer, verdächtiger Tod allem ein Ende macht...

Sein Glück? Oder sein Pech?

Ein genialer Versager.

Doch sein Herz ist nicht verloren gegangen.

In Guayana schmückt man sein Grab mit Blumen. Kleine Mädchen von acht, von zehn Jahren bringen Marzipan zum Zeichen der Huldigung. Man geht hin, um zu weinen. Man geht hin, um zu beten. Das Grab ist stets mit Blumen bedeckt und von Getreuen bewacht. Die Verehrung, die das Volk «Papa Galmot» erweist, hat die große Landesheilige, St. Theresa vom Kinde Jesus, beinahe in Vergessenheit geraten lassen. Und dieses Volk wurde betrogen. Man hat Jean Galmots Herz entwendet. Damit trifft man die Galmotisten, die den Mann geliebt haben. Sein Name sollte ausgelöscht werden. Dort aber vergißt man nichts.

Wieso?

Lesen Sie seinen Schwur:

Ich schwöre, Guayana die Freiheit zu schenken.

Ich schwöre, den Bürgern von Guayana die bürgerlichen und politischen Rechte wiederzugeben, deren sie seit zwei Jahren beraubt sind.

Ich schwöre, bis zu meinem letzten Atemzug, meinem letzten Blutstropfen zu kämpfen, um meine schwarzen Brüder von der politischen Knechtschaft zu befreien.

Ich schwöre, die Willkür einer Verwaltung abzuschaffen, welche die bewaffnete Macht in den Dienst der Rechtswidrigkeit stellt, die den Wahlbetrug organisiert, die an Wahltagen durch Mord und Brandlegung Terror verbreitet, die ihre Beamten als Wahlagenten mißbraucht, die Besten im Volk als Geiseln gefangensetzt und mittels Dekreten und Verfügungen regiert, welche die Rechte des Arbeiters unterdrücken.

Ich schwöre, einem Wirtschaftssystem ein Ende zu machen, das Guayana, das Land der Goldgruben, das Land märchenhafter Reichtümer, in ein Land des Elends, des Jammers und der Trostlosigkeit verwandelt.

Ich bitte Gott, im Kampf für das Wohl meines unsterblichen Vaterlandes Guayana sterben zu dürfen.

Diesen Schwur unterschreibe ich mit meinem Blut.

Das Blatt ist vom 15. März 1924 datiert und trägt die Unterschrift: *Jean Galmot, Abgeordneter von Guayana.*

Und Jean Galmot ist seinem Schwur treugeblieben, bis zu seinem Tode und über den Tod hinaus.

EIN DEBÜT

Wie gesagt, als ich Jean Galmot zum erstenmal sah, mußte ich an Don Quichotte denken.

Manche seiner Photos verstärken diesen Eindruck.

Doch die Ähnlichkeit ist nicht nur körperlich; in seelischer Beziehung erwies sich mein erstes Gefühl als noch richtiger.

Don Quichotte.

Er hat es im Lauf seines Lebens unzähligemal bewiesen. Doch von allem Anfang, von seinem ersten Auftreten auf der Bühne des öffentlichen Lebens an, stürzt sich Jean Galmot in den Kampf für Wahrheit und Gerechtigkeit.

Und von allem Anfang an entfaltet sich sein Leben in einer romantischen Atmosphäre.

1900.

Seit zehn Jahren ist Frankreich in feindliche Parteien gespalten. Alfred Dreyfus ist zwar nicht mehr auf der Teufelsinsel, doch er hat seine Ehre noch nicht wiedererlangt. Heute sind die Anhänger seiner Sache Legion; im Jahr 1894 gab es überhaupt keine. Trotzdem setzen sie auch jetzt noch viel aufs Spiel. Von der unermüdlichen Propaganda der Rechtspresse aufgehetzt und von blödem Respekt für ein einmal gefälltes Gerichtsurteil erfüllt, steht die Öffentlichkeit in ihrer großen Mehrheit dem Mann, der noch immer als Verräter gilt, feindselig gegenüber.

Der Prozeß von Rennes, die ersten Bemühungen um eine Wiederaufnahme des Verfahrens, haben zu einem paradoxen Ergebnis geführt: Hauptmann Dreyfus ist zwar von den Handlungen, auf Grund derer er verurteilt wurde, freigesprochen (man nennt einen anderen Offizier, den Kommandanten Esterhazy, als den wahren Verfasser des berühmten Briefes), seine Degradierung und Verbannung wurden jedoch nicht aufgehoben, wenn auch ein Gnadenakt des Präsidenten seinen Qualen alsbald ein Ende macht.

Der Generalstab wehrt sich verzweifelt, um nicht entehrt zu erscheinen.

Doch diese Situation kann niemanden befriedigen, besonders seit die Rechtspresse, um Verwirrung zu stiften, ein neues Phantom auftauchen läßt: niemand Geringeren als Kaiser Wilhelm von Deutschland, der höchstpersönlich hinter der ganzen Affäre stecken soll. Kommandant Esterhazy hat angeblich nichts weiter getan, als den authentischen Text abgeschrieben, und dieser könne nicht veröffentlicht werden, da er eine Randbemerkung in der Handschrift des Kaisers trage. Die Bekanntmachung dieser Notiz sei dazu angetan, einen Krieg heraufzubeschwören.

Die Regierung erklärt sich zwar im Prinzip mit einem neuen Wiederaufnahmeverfahren einverstanden, möchte aber, daß das Land sich zuerst beruhigt. Darum beantwortet sie alle Interpellationen abschlägig. Sie braucht einen Schuldigen.

Doch die Freunde von Dreyfus wollen nichts von diesem bewaffneten Frieden wissen, der keinen Menschen täuscht. Es gilt, den rabiaten Unterstellungen der Rechtspresse um jeden Preis erfolgreich entgegenzutreten. Darum ist es unbedingt notwendig, ein für allemal einen vollkommenen, klaren Beweis von Dreyfus' Unschuld zu erhalten. Man sucht überall nach Dokumenten, nach neuen Beweisstücken.

1903. Jean Jaurès hält in der Deputiertenkammer seine berühmte Rede, die nicht dazu geeignet ist, das Land zu beschwichtigen.

Ein junger Mann, ein Unbekannter, schreibt

an den Direktor der *Petite République*, der Zeitung von Jaurès. Er unterzeichnet: Jean Galmot.

Wer ist das? Sollte das nicht eine Falle sein?

Der Unbekannte behauptet, er verfolge schon seit einiger Zeit eine Spur, die er in San Remo, dem Zentrum der Spionage und Gegenspionage, entdeckt habe. Ein gewisser Helmuth Wessel, Leutnant a. D., der wegen Spielschulden und etlichen Gaunereien aus der deutschen Armee ausgeschlossen wurde, stünde in Verbindung mit der Statistischen Abteilung des Deutschen Generalstabs in Berlin, vulgo Abteilung für Militärspionage. Dieser Wessel sei in den Dienst der französischen Spionageabwehr eingetreten. Er wohnt in Nizza und besucht mit seiner Geliebten und Mitarbeiterin, Mathilde Bäumler, häufig Monte Carlo. Stanislas Przyborowski, ehemals Beamter im Österreichischen Eisenbahnministerium, ist mit dem Paar befreundet.

Wie konnte Jean Galmot, der damals Hauslehrer in San Remo war, ein unbekannter junger Mann, den niemand mit Nachforschungen beauftragt hatte, in die geheimnisvolle Welt der Spionage eindringen? Wie konnte er sich das Vertrauen dieser drei Personen erwerben und von ihnen Auskünfte erlangen?

Das Briefpapier, auf dem er schreibt, trägt den Briefkopf des Ortsvereins von San Remo (Italien), dessen Leiter er ist.

Man hat allen Grund, ihm zu mißtrauen. Wir kennen den Brief, mit dem der Direktor der *Petite République* diesem Unbekannten ziemlich ausweichend, wenn auch in freundschaftlichem Ton antwortet; eine gewisse verführerische Macht, die Jean Galmot niemals einbüßen, die immer seine größte Stärke bleiben wird, hat offenbar sogar brieflich ihre Wirkung ausgeübt.

«Jaurès ist augenblicklich abwesend. Ich werde ihm Ihr Schreiben sogleich nach seiner Rückkehr übergeben», lautet die Nachschrift des Briefes. Wie wird der sozialistische Tribun den unbekannten jungen Hauslehrer aus San Remo beurteilen?

Im *Petit Niçois* vom 13. März 1904, zur Zeit, als das neue Wiederaufnahmeverfahren im Dreyfus-Prozeß, das auch das letzte sein wird, vor der Tür steht, erscheint ein von Jean Galmot gezeichneter Artikel, in dem er seine Gespräche mit dem Spionen-Trio schildert. Galmot gibt genau an, zu welchen Daten sich Przyborowski mit Cernuschi und Mareschal in einem Hotel der rue Lafayette in Paris traf, berichtet von der Tätigkeit der Wessel-Bande zur Zeit des Prozesses von Rennes und offenbart seine Kenntnis vieler anderer Einzelheiten.

Zu diesem Zeitpunkt ist er nicht mehr Hauslehrer. Man hat im *Petit Niçois* schon einige von ihm gezeichnete Notizen gelesen. Er betätigt sich jetzt als Journalist.

Der Artikel muß natürlich die Aufmerksamkeit der Pariser Richter erregen. Man begegnet dem Namen Jean Galmot in einer der zahlreichen Verfügungen des Kassationsgerichts. Dieses hat im Zug der Voruntersuchung ein Rechtshilfeersuchen an den Untersuchungsrichter von Nizza gestellt, zwecks Überprüfung von Aufenthalt und Verbindungen der verschiedenen in dieser Stadt ansässigen Spione, und ebendieser Richter nimmt am 24. März 1904 die Aussagen von Jean Galmot entgegen. Sehr bedeutsame Aussagen, denn im Lauf seiner dramatisch bewegten Nachforschungen konnte Jean Galmot absolut einwandfrei feststellen, daß Hauptmann Dreyfus zu keiner Zeit mit dem Berliner Generalstab in Verbindung gestanden hat.

Galmot ist noch nicht fünfundzwanzig Jahre alt. Seit zwei Jahren betreibt er aus eigener Initiative, ohne jegliche Unterstützung, seine ebenso romantischen wie gefährlichen Nachforschungen.

Ein solches Debüt im Leben ermangelt nicht der Eigenartigkeit. Dieser junge Mann ist «jemand».

Dieses Abenteuer zu Anfang seiner Laufbahn ist charakteristisch für ihn. Man erkennt darin die bezeichnendsten Eigenschaften des Mannes, den wir mit der Gestalt des Don Quichotte verglichen haben, so auch den Zug zum Romantischen, der in der Folge alles, was Jean Galmot anfängt, gleichsam mit einer geheimnisvollen Atmosphäre umgeben wird. Man sieht auch, daß Galmot sich schon als ganz junger Mensch darauf verstand, geradewegs darauf loszugehen, den Dingen auf den Grund zu gehen, um sein Ziel zu erreichen.

Woher kam er?

Seine Vergangenheit ist noch nicht sehr ergiebig; Jean Galmot war immer der Zukunft zugewandt.

Doch im Mittelpunkt seines Lebens, seiner Gefühle, das wird man später sehen, hat es immer nur eines gegeben: den Urwald, die Erinnerung an den Busch von Guayana. Und im Augenblick der schlimmsten Krisen wird Galmot, dieser Tatmensch, wieder zum Träumer, zum Dichter, der er einst gewesen; noch in seiner Zelle in der *Santé* wird er, die Feder in der Hand, alles andere vergessen, um der Sehnsucht seines Herzens nachzugeben.

Diesen dominierenden Charakterzügen begegnen wir bereits in seiner Kindheit. Als Kind verlor er sich gern in den Wäldern rund um Monpazier, und seine tödlich geängstigten Eltern mußten ihn suchen lassen. Man fand ihn im tiefsten Dikkicht, ein Buch im Schoß.

Mit dreizehn Jahren gibt der kleine Kerl in der Schule eine Zeitung heraus, die er von A bis Z allein schreibt und zu fünf Sous das Exemplar verkauft. Ein Jahr später begann die Dreyfus-Affäre, mit der er sich seine ganze Jugend lang befassen wird.

Er ist der Sohn eines Schullehrers von sehr strengem, sehr festem, geradezu stoischem Charakter, Edouard Galmot, dessen Laufbahn immer wieder durch sein unbeugsames Wesen und seine starren Grundsätze beeinträchtigt wird. Doch Jean ist vor allem und in allem seiner Mutter nachgeraten, deren portugiesische Abstammung (die Familie Barge de Moisant wanderte um das Jahr 1760 von Lissabon kommend nach Frankreich ein) ihren Sohn, der ein Konquistador des 20. Jahrhunderts werden sollte, nachdrücklich beeinflußte.

Jean Galmots Weg führt von der Schule in Bergerac ins Lycée von Evreux und später ins Lycée von Caen, wo er sich für den Eintritt in die Ecole Normale Supérieure vorbereitet.

Er legt seine Prüfungen mit Auszeichnung ab. Der Direktor des Lycée Malherbe in Caen schreibt: «Die Arbeitsweise und die Disziplin des Schülers Galmot bieten eine zuverlässige Gewähr für seine Zukunft.»

Er hat ein goldenes Herz.

Wird er Mittelschullehrer werden, ein kleiner Gymnasialprofessor, der mühsam einen wenig glanzvollen Weg emporklimmt? Schon damals spricht Jean Galmot perfekt Englisch, Deutsch, Spanisch und Italienisch. Welchen Nutzen können ihm die Sprachen in den Provinzgymnasien bringen, die er notgedrungen durchlaufen muß?

Übrigens sind seine Eltern nicht reich, sie haben sechs Kinder. Und Jean verspricht ihnen, ohne im geringsten daran zu zweifeln, Glück und Reichtum.

So verläßt er eines Tages, ohne zu zögern, sein ganzes bisheriges Leben, den Lehrerberuf und seine Familie, und zieht seinem Schicksal entgegen.

Hauslehrer in Saint-Dié (Vogesen), dann in San Remo (Italien) bei einem Herrn Meurissier.

Und hier beginnt sein Name aufzugehen wie ein Stern. Der Roman beginnt – nur ist es kein Roman.

Es ist sein Leben – das Leben.

Die Spionagezentrale, zwei Schritte von der Grenze. Die Spionageabwehr. Monte Carlo. Das Roulette. Der Karneval von Nizza. Frauen. Die Mittelmeersonne. Das Meer.

Der junge Mann, der gerade zwanzig Jahre alt ist, stürzt sich Hals über Kopf hinein.

Er gehorcht seinem Schicksal, das seltsam sein wird.

Auf dem Postamt von Nizza fällt sein Blick eines Tages zufällig auf ein Telegramm, das der vor ihm am Schalter stehende Mann, ein Unbekannter, offen in der Hand hält. Das Telegramm ist an Elie-Joseph Bois, den Pariser Korrespondenten des *Petit Niçois* gerichtet. Der Absender ist niemand anderer als Edouard Cristini, der Chefredaktor der großen Provinzzeitung, und Cristini bittet in dem Telegramm, ihm einen tüchtigen *dépêchier* zu suchen.

Noch am gleichen Abend sitzt Jean Galmot am Schreibtisch des *dépêchier* vom *Petit Niçois*, und drei Tage später ist er wohlbestallter Redaktor.

Bei dieser Zeitung blieb er einige Jahre, und als er sie verließ, war sein Name in Nizza und im ganzen Departement bekannt. Nach der Aussage seines Chefredaktors, der sein Freund und einer der wichtigsten Kronzeugen seines Lebens wurde, erhöhte sich die Auflagenziffer des *Petit Niçois* dank Galmots Mitarbeit nach und nach um einige zehntausend.

Über seinen Beitrag zur Aufklärung der Dreyfus-Affäre könnte man einen wahrhaft romantischen Roman schreiben.

Doch um seine Journalistenjahre zu schildern, muß man ein anderes Register ziehen; hier verwandelt sich Galmot in einen Humoristen. Auch in einem ganz anderen Zusammenhang wäre ein Bericht über seine Nizzaer Jahre nicht minder bemerkenswert.

Er debütiert mit den Porträts der Nizzaer Gemeinderäte, die Jubel in der Stadt erregen. Er beginnt auch, sich Feinde zu machen – und damit wird er bis zu seinem Tode nicht aufhören. Jedenfalls hat der Mann Courage. Er folgt mit

Begeisterung seinem Weg. Und der Weg wird ihn weit führen.

Ein andermal schreibt er den schönsten Artikel über die Blumenschlacht, den man je zu lesen bekam, die lebendigste, bilderreichste seiner Reportagen; und dies um fünf Uhr nachmittags, als er sich – verschlafen hatte und nicht ahnte, daß die Blumenschlacht wegen des schlechten Wetters auf den nächsten Tag verschoben worden war!

Eines Sommers, zur Sauregurkenzeit, als es an Aktualitäten mangelt, erfindet er einen *Kalabresen,* der sein schemenhaftes Dasein damit beginnt, daß er eine würdige alte Dame zu vergewaltigen versucht, und seine so trefflich eingeleitete Karriere als *Satyr des Esterel* erfolgreich fortsetzt, obwohl die Polizei ihn unter großem Aufgebot sucht.

Der *Kalabrese* hat Galmot Appetit gemacht, und so verschafft er seiner Zeitung im nächsten Jahr wieder ein paar tausend neue Leser.

Die *Banditen von Pégomas* erblicken das Licht der Welt.

Wie wurden sie doch zu Anfang des Jahres 1905 gefürchtet! Sie setzten die ganze Region in Schrecken. Die Gendarmerie wurde mobilisiert.

Die Kriminalpolizei setzte ihnen ihre gerieben- sten Detektive auf die Fersen. Eine Alpenjäger-Kompagnie wurde den Behörden zur Verfügung gestellt, um die Räuber einzukreisen. Das gleichermaßen verängstigte und gekitzelte Publikum rief laut um Schutz.

Es gab Verletzte und hätte um ein Haar auch Tote gegeben. Der ehrwürdige Pfarrer von Pégomas wurde irrtümlich verhaftet. Nachts hörte man in dem öden Landstrich zwischen Grasse und Pégomas Schüsse fallen und sah Heuschober in Flammen aufgehen.

Waren die *Banditen von Pégomas* tatsächlich lebendig geworden? Jean Galmot lachte auf seine Art, ein langaufgeschossener Junge, der sich allein amüsiert.

Es war nicht das einzige Mal, daß er die Behörden auf den Arm nahm. Seine Reportage über die heimlichen Roulettesäle, die der Wachsamkeit der Polizei zum Trotz rings um Nizza florieren sollten und wo die berüchtigsten Zuhälter und Spitzbuben der Umgegend sich unter eine Schar sorgsam gesiebter Spielbesessener aus den besten Kreisen mischten, trug ihm nicht nur die Feindschaft der Unterwelt ein. Dieser junge Galmot steckte doch seine Nase überall hinein!

Jetzt ist er kein beliebiger junger Mann, kein Unbekannter mehr. Er ist populär geworden. Ein Feuilleton, *La Redoute rouge*, das er auf Verlangen des Chefredaktors schreibt, hat ihn «gemacht». Er stellt darin Nizza und sein berühmtes Nachtleben vielleicht ein bißchen allzu konventionell dar, andererseits enthält es erotisch stark gewürzte Szenen, die an den Marquis de Sade denken lassen und die man jedenfalls nicht in den Spalten einer Tageszeitung erwarten würde. Die Türen öffnen sich vor ihm. Er verkehrt eifrig im Salon von Madame Juliette Adam und lernt dort Jean Lorrain kennen, mit dem er sich anfreundet.

Wer konnte ahnen, daß dieses seit Monaten angekündigte Feuilleton im Lauf von drei Tagen geschrieben wurde – in einem Büro, in das der Chefredaktor, am Ende seiner Geduld angelangt, Jean Galmot mit eigener Hand eingesperrt hatte!

FORT! FORT!

Der Journalismus führt überallhin – unter der Bedingung, daß man ihn aufgibt.

Bis auf seine Intervention in der Dreyfus-Affäre hat Jean Galmot bisher nichts getan, was ihn von jedem anderen gewandten und scharfsinnigen Journalisten seines Alters unterscheiden könnte.

Wie mag es um seine Ambitionen, seine Wünsche stehen? Hat er auch nur eine vage Idee von dem, was ihm die Zukunft bringen wird? Ahnt er, daß sein Schicksal ihn schon in wenigen Wochen jäh in das Land entführen wird, das ihm mehr als sein Leben bedeuten soll?

Er ist sechsundzwanzig. Er ist ehrgeizig. Schön ist er nicht, aber sein Charme wirkt.

Seine ersten literarischen Erfolge haben seine Eigenliebe gekitzelt. Er veröffentlicht ein Buch: *Nanette Escartefigue, eine Räubergeschichte*, mit dem Untertitel: *Die Schmuggler von Nizza und die Gendarmen vom Esterel*. Diese Erzählungen sind nicht ohne Wert. In kräftigen Farben und eindrücklicher Sprache werden darin Szenen aus der lokalen Kriminalchronik zur Zeit Napoleons geschildert.

Schlagen wir das Büchlein auf. Die erste Seite trägt eine Widmung:

Deinen hübschen Augen zur Freude, Liebste, eine wahre Geschichte aus unserer Gegend.

Aus der gleichen Zeit stammt ein Brief Galmots an seine Schwester Madeleine, der hier zitiert werden muß, denn er ist bedeutsam:

Ich liebe sie, weil sie so hübsch, so entzükkend hübsch ist. Diese Liebe ist zu heftig und zu eigentümlich, um mit der beglückenden Zuneigung verglichen zu werden, die mich mit Dir verbindet . . .

Jean wird heiraten.

Von heut auf morgen.

Seine Zukünftige ist Amerikanerin. Ihr Vater gehört dem diplomatischen Korps an. Er war amerikanischer Konsul in Rußland. Miß Heydekker ist in Paris geboren, kommt jetzt aber geradewegs aus St. Petersburg. Sie ist blond, hübsch, sehr, sehr jung: eine Braut, wie man sie träumt.

Jean hat sie in einem der mondänen Salons kennengelernt, in denen er jetzt verkehrt. Sein zukünftiger Schwiegervater hat Gefallen an ihm gefunden. Er ist bis über die Ohren verliebt. Das Leben ist schön.

Trauzeuge ist niemand Geringerer als der Präfekt von Nizza, M. Joly, und Jean «vergißt» bezeichnenderweise, seine Kollegen vom *Petit Niçois* zur Hochzeit einzuladen. Das werden sie ihm übel nehmen.

Aber das Leben ist schön.

Und Jean Galmot ist reich, weil sein Schwiegervater ein reicher Mann ist.

Wie lange wird die Mitgift von Miß Heydekker vorhalten?

Jean hatte Schulden; sie werden bezahlt. Jean beginnt das Kasino von Monte Carlo zu besuchen; das kostet Geld. Jean hat *sein* Auto, *seine* Empfänge, *seine* Diners; das ist alles sehr schön, aber kostspielig.

Eine einfache, normale, logische Geschichte, die nicht ausreichen würde, um ein Buch zu füllen.

Doch das Schicksal pflegt nichts zu überstürzen. Es webt bedachtsam und vorsichtig. Die Fäden verflechten sich auf die natürlichste Weise, und eines schönen Tages steckt man unentrinnbar im Netz.

Hatte Jean Galmot in seinem Heimatstädtchen Monpazier wohl jemals an das seltsame Land jenseits des Ozeans gedacht, das auf der Weltkarte so schwer zu entdecken ist und seinen traurigen, romantischen Ruhm einzig den Zuchthäuslern verdankt?

Guayana.

Nicht größer als die Bretagne und die Normandie zusammen.

Die Äquatorsonne und die roten Gewässer der Ströme erregen in seinen Menschen Fieber und Gewalttätigkeit.

Ein paar Meilen von der Küste entfernt der Urwald.

Undurchdringlich, geheimnisvoll, von phantastischer Stille.

Dort gibt es Gold, ätherische Öle, Rosenholz, Kautschuk; Goldsucher, Schmuggler, Zuchthäusler; entsprungene oder freigelassene Sträflinge dringen ein und durchstreifen ihn. Dort finden sie die Freiheit oder den Tod. Viele gehen elend zugrunde.

Davon weiß Jean Galmot nichts. Wozu brauchte er es auch zu wissen? Das alles geht ihn schließlich nichts an, nicht wahr?

Doch! Im Gegenteil! Das alles wird sein Land werden, etwas, was ihm gehört.

Der Schwiegervater hat bezahlt. Der kleine Journalist mißfällt ihm nicht. Aber wird er sein Leben lang nichts anderes tun als Roulette spielen und im Kasino soupieren?

Der amerikanische Konsul hat Interessen in Guayana, um die er sich nie gekümmert hat. Er glaubt nicht, daß dieses *Placer Elysée*, diese vermeintliche Goldgrube, je etwas wert sein wird.

Nun, jedenfalls ist es an der Zeit, daß dieser charmante, verschwenderische Schwiegersohn den Ernst des Lebens kennenlernt. Er soll nach Amsterdam fahren und sich dort auf einem Frachter nach Guayana einschiffen. Man wird ja sehen, ob er etwas leistet.

Ein Ultimatum? Es sieht fast danach aus. Jean Galmot reist nicht mit vollen Taschen. Man gibt ihm zu verstehen, daß er sich selbst durchschlagen muß. Er soll nur zeigen, was er kann.

Jean protestiert nicht. Er bittet nicht um ein paar Tage Aufschub. Er beklagt sich nicht, daß er seine junge Frau in Nizza zurücklassen muß und daß es ihm nicht möglich sein wird, die ersten Laute seines Sohnes zu hören.

Er reist ab.

Ganz allein.

Er hat zwar einen Auftrag für Milliès-Lacroix übernommen, erhält aber keine Subventionen. Er reist allein, ohne einen Heller Geld. Und scheint sich darüber nicht besonders zu grämen . . .

Was wird er drüben finden?

Den Wald.

Dort wird er im Schweiße seines Angesichts arbeiten, voll Energie und Ausdauer zahllosen Schwierigkeiten und Gefahren trotzen. Er ist allein und hat keinen Heller. Der Schwiegervater ist Amerikaner; er weiß, daß der Mensch nie so stark ist – falls er es überhaupt ist – wie in dem Augenblick, in dem er allein und nur auf sich gestellt dem Unbekannten gegenübertritt.

Jean Galmot ist siebenundzwanzig.

Als er sechs Monate später zurückkehrt, ist er dunkelbraun gebrannt, noch magerer als zuvor und hat ein sonderbares Lachen.

Seine Vorträge, seine Berichte im Rahmen der Geographischen Gesellschaft, die von der gesamten Pariser Presse lobend besprochen werden, machen ihm einen Namen. Man beglückwünscht ihn. Der Schwiegervater ist zufrieden.

Doch Galmot ist nur auf einen Sprung herübergekommen.

Er fährt gleich wieder zurück, ohne daß jemand es von ihm verlangt hätte.

Der Urwald ruft ihn.

«Monsieur Galmot», erzählte ein paar Jahre später ein Guayaner, der ihm als Führer durch den Wald gedient hatte, einem seiner Freunde, «Monsieur Galmot hat auch von den gefährlichsten Tieren nichts zu fürchten. Die Tigerkatzen und sogar die Nattern (darunter verstand der Mann sämtliche Schlangen bis zur ungeheuerlichen Boa), überhaupt alle Tiere scheinen sich seiner Herrschaft zu beugen. Ihm wird nur von Menschen Gefahr drohen. Er liebt sie zu sehr.»

Man fragt sich, wieso Galmot, der aus einem französischen Provinzstädtchen stammte und sein Leben als künftiger Pariser antrat, sich in einen nimmermüden, alle Unbilden stoisch ertragenden Buschbewohner verwandeln konnte, der sich mit Wonne in den Wald flüchtet.

Hat er erkannt, daß er nie imstande sein würde, die Hoffnungen und Wünsche, die er im

Herzen trug, zu verwirklichen, weil sie zu gewaltig waren?

Wie oft hatte er den Seinen voller Beredsamkeit Vermögen und Reichtum versprochen!

Hier folgt eine andere Stelle aus dem Brief, den er anläßlich seiner Heirat an seine Schwester schrieb:

Siehst Du, Du gehörst zu meinem Leben, Du bist mir so notwendig wie alle meine Erinnerungen, wie alles, was in mir ruht. Ich hoffe, es wird uns einmal gelingen, unsere so weit getrennten Existenzen zu vereinen. Und mein Traum hat sich nicht verändert: ich will ein Bauerngut, ein weißes Haus mitten in Wiesen und Feldern im Perigord. Dort sollen meine alten Eltern und meine Schwestern mit mir wohnen. Diesen Traum will ich wahrmachen. Da liegt das Glück ...

Die Galmots sind eine Sekte, sie müssen beisammenbleiben.

Auf den ersten Blick glaubt man zu träumen, wenn man den Brief liest. Ein Buschbewohner, ein Tatmensch, sprechen wir es aus: ein Abenteurer – wie kann der so reden? In seinem Alter! Der Brief stammt vom 11. November 1905, und ich lege besonderen Wert darauf, bei Galmot diesen bäuerlichen Zug, diese Bauernmentalität hervorzuheben, die man nicht unbedingt lieben muß, die aber für seine Persönlichkeit so bezeichnend ist.

Mich täuscht sie nicht.

Ein einfacher Besuch in der Stadt, wo Galmot geboren ist, läßt einen diese Mentalität verstehen.

Ich habe dort ein paar Wochen verbracht, mitten im Winter.

Monpazier ist geometrisch angelegt, wie eine amerikanische Stadt. Die Straßen schneiden sich rechtwinklig, das Ganze bildet ein vollkommen regelmäßiges Rechteck.

Corbusier würde an dem Stadtplan seine Freude haben.

Doch in den mit dem Meßband gezogenen Straßen herrscht der Tod. Es ist die Geometrie eines vergangenen Zeitalters.

Massige Mauern, gewölbte Torgänge, doch überall liegt Unrat. Man könnte sich gut vorstellen, daß nach Einbruch der Dunkelheit an jeder Ecke ein Hinterhalt lauert. Die Bahnhöfe sind siebzehn und zweiunddreißig Kilometer weit entfernt. Monpazier bildet ein abgeschlossenes, zusammenhängendes Ganzes. Es ist ein einziger Block, ein Widerstandsnest aus uralten Steinblöcken.

Die großartige Theorie von Vidal de la Blache erklärt vieles. Der Mensch schafft seine Umgebung, und die Umgebung formt ihrerseits den Menschen.

Monpazier ist eine alte *bastide*, eine feste Stadt, die im Jahr 1284 von de Grailly gegründet wurde. Er zeichnete selbst den Plan und bestand streng auf der genauen Ausführung. Im Jahr 1905 wurden alle Winkeleisen des Ortes unter Denkmalschutz gestellt.

Und was weiter?

Wenn ich unter diesen Winkeleisen herumspaziere, habe ich tatsächlich das Gefühl, daß das Leben von New York, Paris, Moskau, Peking nicht existiert.

Die Heimat der *Croquants*. Die *Croquants* kämpften für ihre Unabhängigkeit. Sie kümmerten sich nicht um ihre Nachbarn. Bald führten sie Krieg gegen den König von Frankreich, bald gegen die Engländer. Grenzland. Einfallsland. Die fanatischen Katholiken von hier waren genau so leidenschaftliche Sektierer wie die Hugenotten.

Die Frauen haben oft einen Bartanflug am Kinn. Sie sind eifersüchtig, tüchtig, herrisch. Zu Hause haben sie die Hosen an. Hier ist man auf prähistorischem Gebiet. Die Höhlen von Eyzies liegen gleich um die Ecke, manche sind heute noch bewohnt. Der Winter ist lang. Man ißt reichlich und trinkt den Wein unverdünnt. All das ist rauh, herb, furchtbar wild – das schwarze Perigord mit seinen alten Sitten, die bis heute gelten. Doch es gibt auch den jährlichen Wettstreit der größten Lügner, bei dem das Land außer Rand und Band gerät, denn man ist ja doch in der Gascogne.

Das ist die Heimat von Jean Galmot. In einem Brief schreibt er darüber:

In meiner Heimat, dem schwarzen Perigord, gibt es eine Aristokratie, die sich seit Jahrhunderten gegen jede Berührung mit der Außenwelt abschließt. Unsere Landadeligen heiraten untereinander; sie bilden eine einzige, eng verbundene Familie, alle mit dem gleichen, absolut unverfälschten Blut.

Der Landadel des Perigord hat die mittelalterliche Rasse rein und unberührt bewahrt. Er bildet heute eine kleine Gruppe von durch Inzucht degenerierten Krautjunkern, die mit Kröpfen, Skrofeln und Verblödung geschlagen in die Grube fahren.

Doch Jean Galmot glaubt nicht an den Tod.

Man muß nur in seinen Erzählungen *Eine seltsame Geschichte* oder *Ein Toter lebte unter uns* die Seiten wiederlesen, in denen er vom Urwald von Guayana, von *seinem* Wald spricht.

Oder an die Indianerstämme denken, bei denen seine Phantasie so gern verweilt.

Sie verbergen ihre Unabhängigkeit im tiefsten Wald. Dort roden sie eine Lichtung, bauen sich ihre Stammeshütte, entzünden ihr Herdfeuer. Es ist eine bewohnte Insel, eine winzige Insel, die sich im eintönigen Grün, Grün und wieder Grün des unermeßlichen Regenwaldes verliert.

In diesem geheimnisvollen Schlupfwinkel führen die Karaiben ein einfaches, reines Leben. Sie haben sich ihre ursprünglichen Sitten und große Redlichkeit bewahrt. Der Glaube an eine höhere Gerechtigkeit bestimmt ihr ganzes Handeln und Denken, und sie fürchten den Tod nicht, weil sie sich von jeder Idee eines göttlichen Wesens völlig befreit haben . . . Davon träumt Galmot, davon wird er immer träumen.

Die Wilden haben ihre eigene Musik, derer sie sich bedienen, um nach sonderbaren Regeln und in einer Tonart, die jede Vorstellungskraft übertrifft, die Geheimnisse ihres urtümlichen Daseins auszudrücken. Sie haben ihre eigene Hygiene und einen für uns unbegreiflichen Orientierungssinn. Jeder Reisende weiß, daß der Indianer seine Gedanken in die Ferne übertragen kann und von jedem Punkt des Dschungels aus mit den Seinen in Verbindung bleibt.

Es kam vor, daß Galmot im Gespräch die Vogeltänze erwähnte, denen er beigewohnt hatte...

Diese Geständnisse eines Dichters (und sind nicht alle Tatmenschen Dichter?) lassen uns begreifen, auf welchen Pfaden seiner Phantasie er unmerklich dahin kam, einen geheimen Zusammenhang zwischen allen Dingen, die seinem Herzen lieb waren, herzustellen: zwischen der alten abgelegenen Stadt mitten in den Wäldern der Dordogne, die nach Trüffeln und Kastanien duften, und dem im feuchten Schatten des Urwalds verborgenen Indianerdorf, wo es nach Schlamm und Moschus riecht.

DAS ABENTEUER

Ende 1906 kündigte Jean Galmot seine Stellung beim *Petit Niçois*. Cristini, sein Chefredaktor und Freund, erzählt, daß Galmot eines Tages, von Jean Lorrain begleitet, auf der Redaktion erschien.

«Galmot will fort», sagte Lorrain, der damals schon ein berühmter Schriftsteller war. «Er wird wie alle Gascogner von der alten latinischen Wandersehnsucht gequält. Geben Sie ihm seine Freiheit wieder. Hier muß er ersticken.»

Ist es nicht sonderbar, daß just Jean Lorrain, der Verfasser des Buches *Crime des Riches*, Galmot den Weg wies? Daß er ihn nach Guayana schickte, um dort reich zu werden?

Das Abenteuer!

Man ist versucht, sich vorzustellen, wie der junge Unbekannte mit leuchtenden Augen seinem Stern nachjagt. Millionenschätze, Sklaven, der Luxus eines Satrapen. Nichts als den ganzen

Tag in der Hängematte schaukeln, eine Zigarre im Maul, die Rumflasche in der Tasche, den Knüppel in der Hand . . .

Doch Jean Galmot ist weder ein verspäteter Romantiker noch ein Gefängniswärter.

Sein Leben lang hat er sich zum Verteidiger der Eingeborenen aufgeworfen. Und nicht nur mit Worten. Sein Abgeordnetenmandat und seine Tätigkeit als politisch unabhängiger Unternehmer hatten nur ein Ziel: die Emanzipation von Guayana.

Von Anfang an stößt Jean Galmot gegen die Diktatur der großen konzessionierten Gesellschaften, die als alleinige Machthaber regieren. Sie teilen sich in die Kolonien und beuten ihre Schätze aus. Beuten sie bis zum Raubbau aus.

Madame B. hat mir erzählt, als sie dem Deputierten von Guayana in einem Pariser Salon begegnete, stellte er sich ihr mit reizendem Stolz vor: «Jean Galmot, Abenteurer.» Und sie spürte, daß er dem Wort einen anderen Wert beilegte, als man es gemeinhin zu tun pflegt.

Ja, er war ein Mann des Abenteuers; und das Abenteuer ist nicht etwa ein Roman, wie man sich's vorstellt. Man kann es nicht aus Büchern lernen. Es ist weder für verspätete Romantiker noch für Gefängniswärter gemacht. Das Abenteuer ist immer etwas Erlebtes, und um es kennenzulernen, muß man vor allem fähig sein, es zu erleben, zu leben, ohne sich zu fürchten.

Prüfen wir einmal an Hand von Dokumenten, was das Abenteuer für Jean Galmot bedeutete.

Es sieht nicht so aus, als hätte das *Placer Elysée,* die Goldgrube seines Schwiegervaters, seine Aufmerksamkeit übermäßig gefesselt. Hingegen erforscht er im offiziellen Auftrag des Kolonialministeriums zweimal das Stromgebiet der Mana und teilt die Ergebnisse seiner Mission im Lauf verschiedener Vorträge und in zwei Zeitungsartikeln mit *(Le Temps,* 7. Juni 1907, *L'Illustration,* 6. Juli 1907). Darüber hinaus bezeugt eine Broschüre über *Die indianische Emigration in Guayana* seine gründlichen Kenntnisse des Landes und seiner Beschäftigungsprobleme.

Auf Grund dieser Arbeiten wird er zum Mitglied der Geographischen Gesellschaft und der Gesellschaft der Kolonialingenieure ernannt.

Ihn dürstet nach Aktivität. Er schlägt dem *Petit Niçois* eine Artikelserie über die aus den Alpes-Maritimes stammenden Zuchthäusler vor. Später veröffentlicht er im *Matin* eine Reportage über die Strafanstalt, womit er einem Albert Londres um mehrere Lustren zuvorkommt.

Das ist noch nicht alles. Er hat drüben Konzessionen erworben, und es gelingt ihm, in Frankreich Geld aufzutreiben. Er gründet die *Société des Mines d'Or du Maroni*, die Maroni-Goldminen AG.

Im November 1908 beantragt die Regierung von Französisch-Guayana seine Ernennung zum Ritter der Ehrenlegion. «Hat in Französisch-Guayana landwirtschaftliche und forstwirtschaftliche Betriebe eingerichtet. Diese Unternehmungen bilden den ersten ernstzunehmenden Versuch, die Arbeitskraft der Sträflinge zur Kolonisierung eines Gebietes einzusetzen», ist im Bericht von Gouverneur Rodier zu lesen. Das ist die Fassade. Was steckt hinter all diesen Erfolgen?

Ein Mann landet in Guayana. Niemand kennt ihn. Er hat ein paar Empfehlungsschreiben. Nicht viel Geld. Ein «Grüner», das merkt man an seiner Begeisterung. Er kennt keine Zweifel. Seine Naivität ist zum Lachen. Er will das Stromgebiet der Mana erforschen? Soll er's doch probieren! Die alten Kolonialen haben für den Neuling nur einen gleichgültigen Blick übrig.

Aber da kommt er doch wahrhaftig aus dem Inneren zurück! Die Tigerkatzen und Krokodile haben ihn also nicht aufgefressen? Die Boa hat ihm nicht das Rückgrat gebrochen? Er ist tatsächlich heil und ganz aus dem Busch herausgekommen! Na, umso besser. Die alten Kolonialen beglückwünschen ihn. Man weiß ja schließlich, was sich gehört.

Sieh da, jetzt beginnt der junge Mann von Gold, von Rosenholz, von ätherischen Ölen zu reden. Er läuft auf den Ämtern herum, um Konzessionen zu erwerben. Er will arbeiten.

Man mustert den langen Kerl mit den tief eingesunkenen Augenhöhlen, den das Fieber ja jetzt schon in den Klauen hat, und schüttelt mitleidig den Kopf. Er hat sich wohl einen Sonnenstich geholt. Arbeiten will er? Schön, soll er arbeiten! Er braucht nur eine Hacke in die Hand zu nehmen, es liegen genug herum. Man kann sich das Lachen nicht verbeißen über soviel Einfalt.

«Ich war Arbeiter. Ich habe Gummibäume angezapft und Gold gewaschen. Im Schlamm bis zum Bauch, im stinkenden Waldesschatten, wo einen jeden Monat zehn Tage lang das Fieber schüttelt. Dann war ich Aufseher und schließlich Pflanzer. Dreizehn Jahre lang habe ich im Kampf gegen die Natur, in dem die Besten unterliegen, durchgehalten . . .», so wird im Jahre 1919 Jean Galmot in einem erschütternden Brief an Georges Maurevert schreiben.

Das Abenteuer? Da habt ihr das Abenteuer, groß geschrieben: Schuften, Schuften und noch einmal Schuften.

Ganz unten anfangen. Den anderen seinen Willen auferlegen, das süße Leben an der Côte d'Azur vergessen, keinen Moment lang nachlassen. Man ist von Fallen und Fußangeln umgeben – umso besser. Der Wald ist voll von Gefahren. Und die Einsamkeit . . . Da beißt man eben die Zähne zusammen. Die Leute arbeiten nur, wenn man sie richtig zu nehmen weiß. Wenn man ihnen Angst macht, kommt man nicht weit. Und das Fieber – ist das ein Grund, die Arbeit aufzugeben? Man muß kämpfen. Nach oben, nach unten, der Wald ist tückisch. Nach vorn, nach hinten. Immer die Augen offen halten. Immer das Gewehr in Reichweite und eine Schachtel Chinin in der Tasche.

Steht davon etwas zwischen den Zeilen zu lesen, die Galmots Erfolge preisen?

Aber sprechen wir von den Erfolgen. Drüben

in Europa freuen sich die stillen Teilhaber, weil *Société des Mines d'Or du Maroni* immerhin nach etwas klingt. Jetzt soll der junge Galmot sehen, wo er bleibt. Man hat genug Geld in die Sache hineingesteckt.

«Wenn das Klima in den Küstenorten auch gesund ist», schreibt Jean Galmot später in einer Broschüre, «gehören die Existenzbedingungen im Innern des Landes doch zu den schwersten der Welt. Der Goldwäscher steht bei seiner Arbeit bis zu den Knien, manchmal bis zum Bauch im Schlamm. Wie der Arbeiter, der die Gummibäume wartet, wie der Holzfäller, haust er in Hütten aus Laub und Zweigen, die ihm kaum ein Dach bieten. Nach ein paar Wochen in der ständigen Feuchtigkeit des Urwalds packt ihn die Malaria; Fieber und Kräfteverfall setzen ein. Da die Unternehmer überhaupt keinen Gesundheitsdienst vorgesehen haben, erreicht die Sterblichkeit auf manchen Arbeitsstellen zwanzig bis fünfundzwanzig Prozent. Der guayanische Arbeiter lebt unter Verhältnissen, die in keinem zivilisierten Land geduldet würden: als Nahrung rasch verderbende Konserven, als Lager eine Hängematte unter freiem Himmel, allen Unbilden des

Wetters ausgesetzt, ohne medizinische oder pharmazeutische Hilfsmittel. Um den Preis solcher Leiden wird das Gold in den Schaufenstern unserer Juweliere und die Rosenölessenz, der Grundstoff der meisten feinen Parfums, erkauft!»

Die Zuchthäusler, eben jene Arbeitskräfte, auf die Jean Galmot zählte, um den Sand der Kritik auszubaggern, sind Menschen, die sich in Sehnsucht nach dem rauschenden Leben der fernen Welt verzehren. Das Gold glitzert und narrt. Die Goldkörner werden lebendig. Der Goldstaub verschwindet. Die Sträflinge blicken unschuldig zum Himmel empor. Wo verstecken sie nur das Zeug? Sie haben sich Taschen in die eigene Haut geschnitten. Und jede Körperöffnung ist zu gebrauchen . . . Andere machen sich vor der Nase von «Mossieu Galmot» davon. Proteste. Die Unternehmer sind nicht zufrieden. Das Gold «zahlt» nicht, wie sie sagen. Galmot verkracht sich mit allen, und die Aufseher sind verzweifelt.

Gold?

Er, Galmot, will Gold haben, will dieses Gold haben. Er braucht es. Es muß ihm gelingen.

Wie konnte er nur jemals glauben, daß er, der Neuling, einfach so, ohne Waffen, gegen den Dschungel losziehen könnte! Er beginnt ihn kennenzulernen, diesen Dschungel, dessen Lianen schon mehr als einmal seine Maschinen überwuchert haben, wenn er einen Arbeitsplatz aufgeben mußte.

Er haßt und liebt den Wald, den gewaltigen Gegner, der ihn in seinen Fiebernächten zu verfolgen beginnt, bis in seine gehetzten Träume hinein. Denn Galmot erringt den Erfolg nicht auf den ersten Streich. Immer wieder muß er aufgeben, heimreisen, zurückkommen, weiterziehen, neue Orte suchen, tiefer und tiefer in den Wald eindringen.

Der Wald, von dem er sich verschlingen läßt.

Wieder ist er ganz allein.

Sein Leben erscheint ihm unwirklich. Und um nicht zu ertrinken in diesem Ozean von Blättern, Kräutern, Stämmen, Ästen, Moos und Busch, Flechten und Algen – manchmal hat er das Gefühl, in ein Gefäß voll Chlorophyll eingeschlossen zu sein –, um seiner Persönlichkeit Gewicht zu geben, um sich selbst zu bestätigen, treibt es ihn, von sich zu erzählen, zu schreiben.

Bilder treten hervor, Erinnerungen tauchen auf. Er wendet seine Vogelaugen nicht mehr ab. Er lauert. Er liegt auf Anstand. Mit einem Bleistift bewaffnet, macht er sich Notizen. Das Lager schläft. Die Nacht wird weit. Er sitzt nicht vor dem Feuer, die Flammen prasseln in seinem Herzen. Auf diese Weise schreibt er *Eine seltsame Geschichte . . .*

Die Menschen und Pflanzen und Tiere in meinem Dorf im Perigord leben unbeweglich in dem Land, wo ihre Vorfahren unbeweglich lebten. Und ich, ich treibe mich in der Welt herum . . .

Ein Funkenschwarm fliegt auf. Buschfeuer.

Aus dem Schlamm, den die Leute mit ihrem Getrampel aufwühlen, steigt ein betäubender Duft nach Rosen und Moschus auf . . .

Schläfrigkeit senkt sich herab. Ein Vogel piept. Das Wasser in den Sumpflöchern plätschert ganz leise.

Rings um ihn schnarchen Saramaca-Neger. Reptilien regen sich, die Bäume atmen. Seltsame Gestalten tauchen aus der Dunkelheit auf: der Ameisenbär mit seiner langen Schnauze, die Riesenschildkröte, die Packs. Die rote Glut lockt sie herbei.

Er kennt die Tiere alle: das Maipuri, das schwerfällig und friedfertig ist wie ein Ochse, das hüpfende Kariaku, die graugepanzerten Gürteltiere, die Pekari-Rudel, die den nahen Morgen ankündigen. Dann erwachen die Vögel, die Ibisse und Aras, die Papageien und die winzigen Kolibris, die wie Tautröpfchen tanzen, die zwölf Arten Kolibris mit ihren farbenprächtigen Namen.

Es kommt vor, daß der Mann, in dem die Liebe zum Wald jedes andere Gefühl besiegt hat, so daß sie ihn sogar die blonde Frau vergessen läßt, die er in Nizza zurückließ und die jetzt in Gestalt einer anderen Persönlichkeit überall in den Seiten der *Seltsamen Geschichte* gegenwärtig ist – es kommt vor, daß dieser Mann vom Fieber niedergeworfen wird.

Dann liegt er tagelang da und starrt auf die dunkelgrüne, glänzende, wie schwarzlackierte Mauer des nahen Urwalds hinüber.

Dann packen ihn wieder seine Hirngespinste.

Er muß weitermachen. Starrsinnig. Er muß siegen. Wenn der Wald gegen ihn ankämpft, wird er ihn bezwingen. Das Gold muß «zahlen».

Das Gold.

Das Gold und das Rosenholz, die Duftöle und der Kautschuk. Wenn man bauen muß, wird er eben bauen. Destillerien, Raffinerien. Zucker und Rum. Und wenn man pflanzen muß, wird er eben pflanzen. Das Zuckerrohr wird den Bauch der Schiffe füllen. Und Rum, Rum, tonnenweise Rum für die Weißen auf der anderen Seite der Welt. Er wird reich werden.

Gold.

Millionen. Fünf, zehn, fünfzehn, zwanzig Jahre, solang es eben dauert. Er wird arbeiten. Er fühlt seine Kraft wieder aufleben, der Mann, der vom Fieberfrost geschüttelt am Waldrand liegt.

Ich will.

Paris existiert.

Ich bin dort.

Ich habe Gold. Ich breite die Arme aus, und alles, die Lichter, die Menschen, die sich in seinen Mauern bewegen, die Straßen, die Kaufläden, die Bäume, der Fluß, alles, alles ist mein.

Doch um es zu besitzen, muß er hier noch weitergraben, auf diesem Fleckchen Erde, das von Wilden und von Zuchthäuslern bewohnt ist, graben, graben, graben . . .

Und Jean Galmot springt auf, um wieder an die Arbeit zu gehen.

1908, 1909, 1910, 1911, 1912, 1913.

Er kämpft. Er hat nie nachgegeben. Er beginnt immer wieder von vorn.

Endlich tritt das Glück auf seine Seite.

Eines schönen Tages landet er in Cayenne als Bevollmächtigter der Firma Chiris & Co.

Ein unerwarteter Glücksfall. Jetzt kann er sich endlich rühren.

1910, 1911, 1912, 1913, 1914, 1915.

Man lacht nicht mehr über den jungen Galmot. Jetzt ist er der «geniale zweite Offizier» von Chiris.

Dank ihrer Verwandtschaft mit der Familie Carnot sowie ihrer politischen und industriellen Position zählen die Herren Chiris zu den ersten Vertretern der Finanzaristokratie von Frankreich. Ihre Macht ist beträchtlich. Ihr Gesellschaftskapital beläuft sich auf vier Millionen Francs. Hundertfünfzigtausend Francs davon haben sie Galmot zwecks Eröffnung einer Handelsniederlassung in Cayenne anvertraut, und Galmot macht aus dieser Niederlassung eines der einträglichsten Unternehmen der Welt.

1913, 1914, 1915, 1916, 1917.

Jetzt ist Jean Galmot Jean Galmot, das weiß man. Und nicht nur seine großmächtigen Chefs, auch die Eingeborenen wissen es. Sie beginnen sich der brüderlichen Herrschaft des Mannes zu unterwerfen, der bald zum Idol des ganzen Landes werden soll, denn Jean Galmot hat seine ganz persönliche, taktvolle Art, mit den Eingeborenen umzugehen. Er behandelt sie mit Güte und Würde.

1913. Dieses Jahr zählt für ihn.

Galmot hat das ihm anvertraute Unternehmen zu unerwarteter Größe ausgebaut, doch er selbst fühlt sich beengt. Er wäre größerer Dinge fähig. Ach, wenn er nur freie Hand hätte! Er ist noch immer bloß «der geniale zweite Offizier», letzten Endes nicht mehr als ein Rädchen im Getriebe, wenn auch weitaus das wichtigste.

Im Wald jedoch hatte er einen Traum geträumt, einen Traum, den ein Mann seiner Prägung nie mehr vergißt . . .

Viel später, zur Zeit der großen politischen und finanziellen Kämpfe, die ihm noch bevorstehen, wird man Jean Galmot einen ganz ordinären Kriegsgewinnler schimpfen. Das gehörte mit zu dem Paket Verleumdungen, mit denen man ihn damals überschüttete. Man nannte ihn einen Spieler – ihn, der seit seiner Jugend kein Kasino und keinen Spielklub besucht hatte; einen Neureichen – ihn, der über zwanzig Jahre gebraucht hatte, seine Firma zu errichten; einen müßigen Schlemmer und Lebemann – ihn, der durchschnittlich sechzehn Stunden täglich arbeitete und das allereinfachste Leben führte.

In Wahrheit sollte das große Abenteuer für Galmot nur eines bedeuten: Arbeit, Arbeit und wieder Arbeit.

Anläßlich der ersten großen Schlacht gegen seine Gegner, am 6. November 1919, schrieb Jean Galmot seinem einstigen Nizzaer Kollegen, Georges Maurevert, jenen Brief, den ich schon einmal zitiert habe. Er enthält viele bemerkenswerte Stellen:

Georges Maurevert, lieber, alter Freund,

Ihr Blatt hat mich zu Tränen gerührt. Das Leben ist sonderbarer als jede Fiktion. Aber was ist Fiktion? Mein jetziges Dasein? Augenblicklich schreibe ich Ihnen vom Bett aus. Das Fieber zwingt mir eine Ruhepause zwischen zwei Kämpfen auf.

Kämpfen, schaffen, frei sein ... Aber mein lieber, treuer Freund, Ihr Kollege aus Nizza, Ihr Jean Galmot ist ein alter, abgenützter, mit Narben bedeckter Mann.

Man muß ungeheuer stark sein, um nur seinen Platz zu halten ... Im Dschungel von Cayenne kannte ich eine alte Tigerkatze, die über eine Insel herrschte. Das Tier hatte keine Haare mehr und war einäugig. Seine Füße, die in vielen Kämpfen verwundet worden waren, trugen es kaum mehr. Doch es lebte, und die ganze Insel war ihm untertan. Sogar die Affen flüchteten vor seinem Blick. Es war der Inbegriff der Macht. Sein erschöpfter Körper strahlte Hochmut aus. Als es starb, respektierten die Schakale und Urubus seinen Kadaver.

Ich habe das Leben meines Freundes aus dem Tigergeschlecht gelebt. Der mörderische Dschungel hat mich nicht untergekriegt. Er verschont mich, weil ich ihn so inbrünstig liebe, weil ich ihm alles verdanke, weil er mich gelehrt hat, frei zu sein. Der Dschungel ist ein zuverlässiger, ehrlicher Feind, der einen ins Gesicht schlägt, von vorne packt. Der heimtückische, dumme Gegner, der martert und sich dann verflüchtigt, der gefährlichste Feind im Dschungel, ist der Mensch.

Als ich dem Wald den Boden abgerungen hatte, auf dem ich mein Haus erbaute, als ich mein Feld bestellt hatte, da begegnete ich dem wahren Feind, der menschlichen Bestie. Es war ein furchtbarer Kampf.

Nein, ich besitze nicht 35 Millionen.

Stellen Sie sich einen mittelalterlichen Leibeigenen vor, der sein Stückchen Land mit einer Dornenhecke umgeben hätte und jetzt versuchen wollte, seine Ernte gegen den bewaffneten Burgherrn zu verteidigen. Das ist meine Situation.

Meinen Erfolg verdanke ich nur meinem Mut. Ich bin weder ein Spekulant noch ein Schieber. Ich bin ein Kolonist, ein Mann von den Antillen, der jedes Jahr nach Frankreich kommt, um den Ertrag seiner Ernte gegen das Diebsgesindel zu verteidigen ...

Der Mann, der diesen Brief schreibt, ist erst vierzig Jahre alt.

SECHS MILLIONEN FÜR EIN KROKODIL

Im tiefsten schwarzen Perigord, hoch über dem vielfach gewundenen Tal der Dordogne, ragt das alte Ritterschloß Montfort empor.

Jean Galmot schreibt in einem Brief an Mme de Caillavet:

Es gab in Frankreich noch einen Winkel, von dem der Club des Cents, die Cook'schen Touristenherden und die falschen Reichen keine Ahnung hatten.

Steingedeckte Häuser, in den Tälern plumpe, schwarze Nußbäume oder silberne Pappeln von eleganter Zartheit und am Horizont, im opalartig schimmernden Dunst, Zitadellen, die Denkmäler dieses Volks, feste Städte, in denen die Seele unserer Väter lebt.

Fern von der Eisenbahn, am Saum eines tausendjährigen, von Ebern, Füchsen und Wölfen bevölkerten Forstes, hat Montfort seine mittelalterlichen Tore und Wälle, Mauern und Gräben bewahrt. Dieses Stück Land war zu allen Zeiten ein Schlachtfeld, ein Treffpunkt für feindliche Einfälle.

Der Sklavenaufstand in den zum Schloß gehörigen Erzgruben zur Römerzeit, die Invasion der Sarazenen, die englische Besetzung im 15. Jahrhundert haben aus diesem Fleck Erde eine Märtyrerstätte gemacht. In den Religionskriegen des 16. Jahrhunderts standen sich Montfort und Sarlat feindlich gegenüber, von diesen Tälern ging der Bauernaufstand aus, der das Zentrum Frankreichs mit Blut befleckte.

Von den Wällen Montforts aus erblickt man am Horizont die Zitadellen von Domme, Beynac und Castelnau sowie den Wald, den die schmale, gepflasterte alte Römerstraße in einer schnurgeraden Linie durchschneidet . . .

Dieses Schloß Montfort ist seit einiger Zeit im Besitz von Jean Galmot, dem Großunternehmer und Pflanzer aus Übersee. Heute ist es dort so still, als läge jemand im Sterben. Man vernimmt nicht wie sonst das Dröhnen von Autos und Flugzeugen, die hohe Gestalt des Schloßherrn ist nirgends zu erblicken.

Was ist geschehen?

Eines Morgens, als der Himmel grau und rosig zu schimmern begann wie Taubenflügel und die Luft schon heiß war, sah man den Bevollmächtigten des Untersuchungsrichters, M. Pachot, mit seiner großen Aktentasche unter dem Arm eintreten.

Was ist geschehen? Was hat der Gerichtskommissär in diesem Refugium zu suchen?

Wir schreiben das Jahr 1921.

Seit knapp fünf Jahren ist Jean Galmot nicht mehr der «geniale zweite Offizier» eines Großunternehmens; er hat sich seine Selbständigkeit errungen.

Er arbeitet auf eigene Faust.

Diesmal hat er es geschafft.

Schon 1913 hatte er versucht, sich auf eigene Füße zu stellen, doch man brach ihm das Rückgrat, und er mußte wieder ins Glied zurück.

Frankreichs Kolonialgebiet gehört in Wirklichkeit einer kleinen Gruppe von Großfirmen, die das gesamte Wirtschaftsleben unseres überseeischen Imperiums beherrschen. Die untereinander vertrusteten Unternehmungen lassen keinerlei Konkurrenz zu. Ich habe es gewagt, diese großen Feudalherren anzugreifen, um die kleinen Pflanzer und Ansiedler, die gleich mir mit nichts begonnen haben, von ihrer jede Initiative unterdrückenden Herrschaft zu befreien.

Diese Zeilen stammen von Jean Galmot und bedürfen keiner weiteren Erklärung.

Fassen wir kurz zusammen:

1906. Jean Galmot landet zum erstenmal in Guayana. Er gewinnt das Land lieb und beginnt die Grundlagen für seine Zukunft aufzubauen.

Seine Arbeit erregt die Aufmerksamkeit der Guayaner und der Pariser Kapitalisten. Jean Galmot setzt sich durch. Die Firma Chiris beschließt, in Guayana eine Niederlassung zu gründen, und ernennt Galmot zum Direktor in Cayenne.

Er arbeitet wie ein Pferd. Seine vielfältigen Unternehmungen sind von Erfolg gekrönt. Unter seiner Leitung erlangt die Niederlassung in Cayenne unerwartete Bedeutung. Er versucht ein erstes Mal, sich selbständig zu machen, und gründet eine eigene Firma auf seinen Namen, doch er hat noch nicht genügend Kredit. Im Jahr 1913 kehrt er auf seinen Direktorposten bei Chiris zurück.

1917. Jean Galmot macht sich endgültig frei. «Die Konkurrenz ist eine unerläßliche Vorbedingung für die Entwicklung von Handel und Industrie», sagt er. Nicht alle Leute scheinen seiner Meinung zu sein . . .

Guayana ist eines der reichsten Länder der Welt. Das ist Galmots Leitmotiv.

Warum sollte es dort keinen Platz für die Firma Jean Galmot geben?

Wenn er es nicht von selbst getan hätte, hätten die Guayaner, denen er ein treuer, aufopfernder Freund war, ihn dazu gezwungen. Dieser Mann hatte vom ersten Tag an begriffen, daß die Schwarzen (und die Indianer) nicht Geschöpfe minderwertiger Rasse sind, sondern Menschen, also Brüder, und daß obendrein das Land ihnen gehört; daß also folgerichtig auch seine Produkte ihnen gehören und sie daraus Nutzen ziehen müssen. Das ist das ganze Geheimnis seines Erfolgs. An seinem Todestag wird das Land sich gegen seine Feinde erheben.

1917–1921.

Die Daten und die Ereignisse überstürzen sich.

Jean Galmot ist in Paris.

Er ist von unglaublicher Aktivität. Es genügt

ihm nicht, daß sein ganzer Tag mit kaufmännischer und finanztechnischer Arbeit ausgefüllt ist. Zwischen vier und sieben Uhr früh findet er noch Zeit, sich mit seinem literarischen Werk zu befassen. Das ist eine Oase, die er nie vergißt.

Vorläufig hat er ein Büro, Rue Duphot 14. Bald wird ein großes Geschäftshaus auf den Champs Elysées die zahlreichen Abteilungen der Firma Jean Galmot aufnehmen.

Die überseeischen Niederlassungen, die er einst mit sehr beschränkten Mitteln gegründet hatte, werden in größerem Maßstab weitergeführt. Sein Organisationstalent, sein Weitblick, seine außergewöhnliche Tüchtigkeit ermöglichen es ihm, seine Unternehmungen ständig zu erweitern.

Im Lauf weniger Jahre nimmt seine Firma einen verblüffenden Aufschwung.

Guayana ist das Land seiner großen Liebe, sein Vaterland, wie er nachdrücklich erklärt. Aber wie könnte ein Jean Galmot sich darauf allein beschränken?

Er gründet also Niederlassungen in Guadeloupe, Martinique, Venezuela, Réunion, Portorico, Panama, Trinidad und sogar an der Westküste von Afrika und von Indien.

Guayana soll nicht das einzige Land bleiben, «dessen ganzes Wirtschaftsleben auf der von Jean Galmot geschaffenen kaufmännischen und industriellen Organisation beruht». Zitieren wir in diesem Zusammenhang ein paar Zeilen aus dem Brief eines der bedeutendsten Handelsherren von Guadeloupe:

Die in der Kolonialgeschichte von Guadeloupe und Martinique einzig dastehende Prosperität, die in den letzten Jahren erreicht wurde, ist den rastlosen Bemühungen M. Galmots um den Ausbau der Rumerzeugung und des Rumhandels zu verdanken. Die Kapitalien, die dank ihm in unsere alten Kolonien strömten und sich in Form von Löhnen und Gehältern im ganzen Land verteilten, betrugen für Guadeloupe, Martinique und Réunion zusammen über 150 Millionen Francs.

Braucht es noch andere Zahlen, andere Tatsachen?

Galmot verfügt über zweiundvierzig Schiffe, die unter seiner Flagge die Verbindung zwischen seinen Niederlassungen herstellen und der Versorgung Frankreichs dienen. Ein einziges, die *Salybia,* wird im Weltkrieg versenkt.

Nach Frankreich importiert er argentinischen Weizen, Rum, Kaffee, Kakao, Kautschuk und anderes. Er besitzt Lagerhäuser in Paris, Dünkirchen, Le Havre, Nantes, Bordeaux und Marseille. Sein Umsatz übersteigt zwei Millionen *täglich.* In Paris gründet er die Metallurgische Anstalt Jean Galmot, wo das aus Guayana importierte gediegene Gold eingeschmolzen, raffiniert und handelsfertig gemacht wird; in Carcassonne Holzfabriken zur Bearbeitung von Edelhölzern und eine Böttcherei, um die Fässer und Kisten für den eigenen Gebrauch zu erzeugen; in Asnières eine Gummifabrik und in Guayana selbst drei Rosenholzdestillerien. In der heimatlichen Dordogne werden in Sarlat Erdfarben, in Sainte-Sabine Gips hergestellt.

Nichts ist ihm fremd. Er gründet eine Nachrichtenagentur, finanziert Zeitungen, Zeitschriften, einen Verlag, er subventioniert Filme und Restaurants, interessiert sich fürs Theater, unterstützt Schriftsteller und Maler.

Er ist der große Pionier der Zivilluftfahrt.

Ein vom Fieber verzehrter Mensch, der keine Ruhe kennt.

Louis Chadourne, einer seiner zahlreichen Sekretäre, beschreibt ihn folgendermassen:

Auf einem Liegestuhl ausgestreckt, diktiert er seiner Stenotypistin mit halbgeschlossenen Augen und leiser Stimme Anweisungen und Briefe, entscheidet komplizierte Fragen, bei denen es um Konossemente, Schiffsladungen, Frachtgelder und Tratten geht. Sein Prinzip, erklärt er, bestehe darin, daß den Kassen kein Geld entnommen werden soll. Das Geschäft ist eine Art Schachspiel. Ein Verkauf in San Francisco gleicht einen Kauf in Tripolis aus. Er gefällt sich in der Pose eines lässig daliegenden Tigers. Um die Lippen ein grausamer Zug. Eine gebogene Nase, tiefliegende, leuchtende Augen, eine breite Stirn, ein zerzauster Schnurrbart. Er ist des Mitgefühls, der Freundschaft und der Zärtlichkeit fähig.

Aber was halten Galmots Konkurrenten von seinem unerhörten Aufstieg?

Zwischen 1917 und 1921 durchlebt er seine aktivsten, ereignisreichsten und dramatischsten Jahre.

Ein unglaublicher Aufschwung.

Man läßt ihn machen.

Sein Erfolg ist verblüffend.

Man arbeitet mit ihm.

Allmählich beginnt man zu staunen.

Dieser verteufelte Kerl stört den üblichen gemächlichen Trott. Er packt die Geschäfte auf seine eigene Art an – allzu persönlich, zu unabhängig. (Später, im Abgeordnetenhaus, schreibt er sich in keine Partei ein und figuriert in der kleinen Gruppe der «Wilden».) Er betrachtet jede Unternehmung unter einem überraschenden Blickwinkel und läßt sich sehr oft von anderen Beweggründen als dem voraussichtlichen Gewinn leiten. Als im Krieg der Zucker knapp wird, beschließt er, auf drei von seinen Frachtschiffen, die gerade verfügbar sind, Zucker von den Antillen nach Frankreich zu bringen, der unter Ausschaltung des Zwischenhandels zum Preis von Fr. 1.50 pro Kilo unmittelbar an das Publikum verkauft werden soll. Doch eine solche Transaktion würde allzuviele Interessen schädigen . . . An einer unauffälligen Stelle des *Journal officiel* erscheint alsbald eine Verfügung: Schiffe, die in bestimmten Häfen angelegt haben, dürfen in Frankreich nicht landen. Zufällig liegen alle diese Häfen auf der Route, die Galmots Frachter verfolgen müssen. Seine Kapitäne kabeln ihm: «Auf Grund einer neuen Verfügung will man uns zwingen, unsere Ladung ins Meer zu werfen!» Galmot eilt ins Kolonialministerium, um

Einspruch zu erheben. «Sie wollen wohl den Markt demoralisieren?» antwortet man ihm. Auf diese Weise können die anderen Importeure den Zuckerpreis beliebig in die Höhe schrauben. Einer der Parlamentarier, die sich über dieses Ergebnis freuen, ist Stanislas de Castellane, der Schwiegersohn eines der großen amerikanischen Importeure. Wie durch Zufall wird er später in der berühmten «Rum-Affäre» als Berichterstatter der Marktkommission auftreten und Galmot mit Anklagen überhäufen.

Wie man sieht, ist diese heroische Art, Geschäfte zu machen, nicht nach jedermanns Geschmack.

Galmot wird langsam gefährlich.

Und nun beginnt ein hitziger, erbitterter Kampf, dessen Einzelheiten kaum glaublich erscheinen.

Heute kann man sich nur schwer vorstellen, daß es damals in Paris zu solchen Episoden kommen konnte. Kein Mittel ist zu schlecht. Es finden sich Zeitungen, die ihre Spalten täglich der Hetzkampagne gegen Galmot zur Verfügung stellen. Verleumdungen, ehrenrührige Andeutungen, Lügen – der Kampf wird ohne Schonung geführt. Über dreitausend Menschen leben von den Unternehmungen, die Jean Galmot gegründet hat, doch darum schert sich niemand. Gefühle und Ideen zählen nicht. Jede Gemeinheit ist gut genug, um den Mann, den man vernichten will, zu treffen. Die Mauern von Paris bedecken sich mit Plakaten, die ihn aller nur möglichen Verbrechen anklagen. Wenn das nicht genügt, kann man immer auf den Revolver zurückgreifen.

All das spielt sich nicht in Chicago, sondern in nächster Nähe der Madeleine ab!

Übertreibungen?

Jeder kann die Geschichte in den damaligen Tageszeitungen nachlesen.

Am 13. August 1919 wird ein gewisser Angelvin, der Bevollmächtigte einer einflußreichen Konkurrenzfirma, verhaftet. Zwei Polizeiinspektoren, die, im Nebenzimmer verborgen, zu Zeugen einer langen, mit Drohungen und Erpressungen gespickten Unterhaltung wurden, nehmen ihn fest, als er gerade den Revolver zieht.

Doch Jean Galmot weiß sich zu wehren. Er gewinnt Terrain. Die gegen ihn erhobenen Klagen führen zu einem Freispruch. Er tritt den Angriffen einer gewissen Presse erfolgreich entgegen. Er hält stand.

Eine neue Wendung tritt ein: auf beinahe einstimmigen Beschluß der Bürgermeister und Departementsräte von Guayana wird der Bürgermeister von Cayenne, Eugène Gober, nach Paris entsandt; er soll Jean Galmot bitten, für den Parlamentssitz von Guayana zu kandidieren.

Damit bietet sich ihm eine wunderbare Möglichkeit, an der Befreiung seiner schwarzen Brüder mitzuarbeiten, die er «meine Kinder» anredet und die ihn «Papa Galmot» zu nennen beginnen.

Seine Feinde möchten verhandeln, denn als Deputierter wird Jean Galmot noch lästiger werden. Man wünscht, mit ihm zu sprechen. Man bietet ihm Geld an. Er lehnt ab.

Nur zu einem Kompromiß wäre er bereit: Freundschaft, Friede, wobei jeder loyal für seine eigene Rechnung arbeitet.

Ein solcher Kompromiß kann seine Feinde natürlich nicht befriedigen.

Schließlich deckt man die Karten auf und stellt ihm ein Ultimatum: er muß Guayana aufgeben, sonst ist er ein ruinierter Mann! Als aber Galmot nicht wankt und weicht, dreht man flugs das Mäntelchen nach dem Winde: also gut, man überläßt ihm Guayana, seine Konkurrenten werden verschwinden, aber er soll *sechs Millionen* bezahlen und seine Kandidatur zurückziehen.

Die sechs Millionen verlangt man für die Handelsniederlassungen der Konkurrenzfirmen, die praktisch keine Kunden mehr haben, seit Jean Galmot an der Spitze seines eigenen Handelshauses steht; sechs Millionen für Unternehmungen, die er gründlich kennt und deren Wert er kaum auf fünfzigtausend Francs beziffert. Sechs Millionen! Er lacht herzlich.

«Sechs Millionen für ein Krokodil!»

Das ist seine Antwort.

Es ist zugleich die Kriegserklärung. Man schreibt den 4. Juli 1919.

Jean Galmot hat in aller Form seine Kandidatur für den Abgeordnetensitz eingereicht.

Er stellt sich zum Kampf.

Am 27. Juli 1919 wird Anklage gegen ihn erhoben: auf Unterschlagung und Betrug.

Doch am 13. August wird Angelvin wegen versuchter Erpressung und Nötigung verhaftet.

Und am 30. November 1919 wird Jean Galmot nach einem geradezu triumphalen Wahlfeldzug mit überwältigender Mehrheit zum Abgeordneten für Guayana gewählt.

Er hat die erste Runde gewonnen.

Die Monate, die er zur Vorbereitung seiner Wahl in Guayana verbrachte, haben ihm den Glauben an seinen guten Stern wiedergegeben. Sein unvorstellbarer Triumph hilft ihm seinen schlechten Gesundheitszustand überwinden. Er ist in bester Form. Er durchstreift das Land im Flugzeug. Einmal versucht man, seinen Apparat flugunfähig zu machen, doch die Episode hat weiter keine Bedeutung.

Das Land ist glücklich. «Die bösen Menschen haben Papa Galmot nicht besiegen können!» Die Guayaner erhoffen sich eine Wiedergeburt ihres Landes. Die Behörden können nicht genug staunen.

Und nun kehrt Galmot mit seinem Abgeordnetenmandat in der Tasche wieder nach Frankreich zurück. Sein Auftrag bewegt ihn tief. Er kommt, um für das Glück von vierzigtausend Menschen zu kämpfen, die ihm ihr Vertrauen geschenkt haben und die er liebt.

Was erwartet ihn in Paris?

Schreckenerregende Plakate, worauf er als gewissenloser Spekulant, als Schieber, Neureicher, Kriegsgewinnler, Wüstling, als Schweizer, Abenteurer, Spieler, Zyniker angeprangert wird, als ein Mensch, der zweifellos nach Guayana gehört, aber nicht in Freiheit . . . Was würden seine vierzigtausend Guayaner, die ihn seit fünfzehn Jahren kennen, die ihn an der Arbeit gesehen und nach Paris gesandt haben, damit er für ihre Rechte kämpft, wohl dazu sagen?

In dieser Pressekampagne zeichnet sich die Zeitung *La Lanterne* besonders aus. Ihre Angriffe gegen Jean Galmot beginnen, wie zufällig, am 11. Juli 1919. In der Folge erscheinen hunderte Artikel mit sensationellen Schlagzeilen. Von Zeit zu Zeit sieht sich Jean Galmot gezwungen, ihren falschen Behauptungen und Anschuldigungen mit einem Brief entgegenzutreten, den die *Lanterne* dann jeweils ohne Kommentar veröffentlicht.

Zu Beginn wird Galmot nur als ein Geschäftsmann dargestellt, dessen sich andere Leute bedient hätten. An diesem 11. Juli nennt man ihn sogar ganz ohne Ironie einen «ansonsten als ehrenwert bekannten Kaufmann». Am nächsten Tag heißt es, er wäre «nur ein Werkzeug in den Händen jener, die ihn manipulieren». Am 17. Juli bringt die *Lanterne* einen Protestbrief von Galmot, den sie übrigens durchaus korrekt kommentiert. Bis zum 8. August bleibt der Ton der Angriffe gemäßigt.

Doch an diesem Tag wendet sich das Blatt. Die Anschuldigungen werden immer heftiger und richten sich gegen Galmot persönlich. Am 13. August wünscht man ihn ins Zuchthaus. Wir erinnern uns, daß an diesem Tag Angelvin verhaftet wurde.

Die Hetze geht mit jähen Unterbrechungen weiter. 1920 wird sie immer ausgiebiger und heftiger. In den letzten Monaten des Jahres werden dann die von der *Lanterne* vorgebrachten Beschuldigungen in der sogenannten «Rum-Affäre» die öffentliche Meinung erschüttern und eine Untersuchung in der Deputiertenkammer zur Folge haben.

Und Jean Galmot?

Er pariert. Er antwortet. Er arbeitet ohne Unterlaß. Sobald er nur ein bißchen Luft hat, fährt er auf einen Tag, auf zwei Tage in sein geliebtes Perigord, nach Schloß Montfort, das jetzt ihm gehört und wo er, wie man munkelt, das Leben eines Satrapen führt.

Das Leben eines Satrapen, zwischen seiner Frau und seinem Sohn, einem sonderbaren Kind, das nach Ansicht der Ärzte an Dementia praecox leidet.

DIE RUM-AFFÄRE

Am 16. Februar 1921 findet eine Sitzung der Deputiertenkammer statt.

Zwei Jahre lang spricht man jetzt schon von dieser peinlichen «Rum-Affäre», die bis in die fernen Tage des Waffenstillstands zurückreicht. Seit zwei Jahren hetzen ein paar Zeitungen, ein ehemaliger Unterstaatssekretär und verschiedene Kommissionspräsidenten hartnäckig gegen einen enttäuschten, nervösen Mann, der übrigens einer der geheimnisvollen Könige des Paris der Nachkriegszeit geworden ist.

Dieser Mann ist Jean Galmot.

Was weiß die Öffentlichkeit von ihm? Er wird ihr als schamloser, skrupelloser Spekulant vorgestellt. Sie würde gern Näheres von dieser sonderbaren «Rum-Affäre» erfahren.

Auf Antrag des Versorgungsministers Boret wurde ein gerichtliches Verfahren gegen ihn eröffnet. In den Büros der Firma Jean Galmot wurden Hausdurchsuchungen vorgenommen, in

Guayana und auf den Antillen strenge Kontrollen durchgeführt.

Das alles ist ganz plötzlich gekommen.

Doch ein klarer, eindeutiger Freispruch hat allen diesen Umtrieben ein Ende gemacht. Der Untersuchungsrichter fand keinen Anlaß, einzuschreiten.

Trotzdem grollt das Gewitter weiter. Einige Zeitungen hören nicht auf, gegen den Deputierten von Guayana zu hetzen, und ihre Angriffe werden neuerdings wieder heftiger. Nun wollen, wie man hört, der Präsident der Marktkontrollkommission, Simyan, und der Referent in der Rum-Affäre, Stanislas de Castellane, in der Deputiertenkammer eine Wiederaufnahme des Untersuchungsverfahrens gegen die Verantwortlichen in der berühmten Affäre beantragen.

Was heißt das? Die Öffentlichkeit kennt sich überhaupt nicht mehr aus. Hat der Untersuchungsrichter das Verfahren eingestellt, ja oder nein? Allerdings hatte der erste Referent in diesem Verfahren, Mercier, behauptet, Jean Galmot wäre ein Wucherer, ein Betrüger, er hätte zwanzig Millionen Gewinn in seine eigene Tasche verschwinden lassen . . . Aber der Untersuchungsrichter? Und sein Freispruch?

Da – ein Knalleffekt! Jean Galmot ist flüchtig!

Zwei Tage später sind die Zeitungen zu einem Dementi gezwungen. Jean Galmot hat sich nur ein paar Tage Urlaub genommen. Leidend und übermüdet hat er sich nach Pegli an der italienischen Riviera zurückgezogen, die ihm in Erinnerung an seine Jugendjahre noch immer lieb ist. Ein Freund, der schleunigst zu ihm eilt, findet ihn durchaus nicht mit der Ausarbeitung der großen Verteidigungsrede beschäftigt, die er in der Deputiertenkammer wird halten müssen. Jean Galmot ist dabei, sein Buch fertig zu schreiben. Es heißt: *Ein Toter lebte unter uns.*

Doch am festgesetzten Tag findet er sich im Palais-Bourbon ein.

Zum ersten Mal steigt er die Stufen zur Tribüne empor, um sich den 560 Parlamentariern zu stellen, die fest entschlossen sind, über ihn zu richten.

«Groß und schlank, ein knochiges Gesicht, schwarze Haare. Eine Art fahrender Geselle, halb Dichter, halb Finanzmann, beschwört er das Bild der *Frères de la Côte* herauf, deren Abenteuerlust Louis XIV auszunützen wußte, um sie zu Pionieren der französischen Weltgeltung zu machen», schreibt tags darauf das seriöse Blatt *Le Temps*.

Was man erwartet hatte, waren die pathetischen Ausrufe eines fettigen, salbungsvollen Schiebers oder die Tiraden eines «Haifisches», wie der Volksmund die Kriegsgewinnler zu betiteln beginnt.

Was man erblickt, ist ein bleicher, fiebriger Mann, der aber Entschiedenheit und Kaltblütigkeit an den Tag legt. Er spricht mit leiser Stimme, die stellenweise tiefe Bewegung ahnen läßt. Keine großen Gesten, keine lautschallenden Töne, doch ein durchdringender, erschreckend kluger Blick.

«Wenn meine Stimme mich verrät, wenn meine parlamentarische Unerfahrenheit sich hie und da störend bemerkbar macht, bedenken Sie bitte, daß ich mehr daran gewöhnt bin, die Welt zu bereisen, als öffentlich zu sprechen, und daß ich überdies, noch kaum von einer Krankheit genesen, in schlechter körperlicher Verfassung vor Sie trete.» Mit diesen Worten beginnt er, um unverzüglich, mit einer Klarheit, an die seine Zuhörer nicht gewöhnt sind, an die Darlegung der «Rum-Affäre» zu gehen.

Dieser Ton beeindruckt das Publikum, das sich wohl oder übel bewogen sieht, die Krallen einzuziehen. Der Mann ist unleugbar von einer Würde und Selbstsicherheit beseelt, die deutlich zeigen, daß man hier nicht mit den üblichen Maßen messen darf.

«Auf einen Befehl der Obersten Heeresleitung gestützt, der sich auf die Grippeepidemie bezog, beschlagnahmte am 10. Oktober 1918 das Kriegsversorgungsamt sämtliche Vorräte (an Rum), die in den Zollfreilagern wie auch in den Privatlagerhäusern der verschiedenen Importfirmen vorhanden waren. Am 20. Oktober wurde dieser Befehl in bezug auf die in Privatlagerhäusern befindlichen Vorräte, das heißt die Vorräte der Großhändler, aufgehoben und blieb nur noch für die Vorräte in den Zollfreilagern, also für die den Produzenten gehörigen Vorräte, in Kraft. Die Großhändler, die ihre Vorräte in eigenen Lagerhäusern speichern, sahen sich somit plötzlich in der günstigen Lage, zu wahren Wucherpreisen verkaufen zu können.»

Mit diesen wenigen Worten ist die Affäre klargestellt. Der Profit der Großhändler, die dank der durch die Grippeepidemie gewaltig ansteigenden Nachfrage einerseits und die Blockierung der in den Zollfreilagern befindlichen Vorräte andererseits den Hektoliterpreis jäh von 600 auf etwa 1200 Francs erhöhen konnten, wird von Galmot auf mindestens dreißig Millionen geschätzt.

«Nun gilt es nachzuforschen, das ist Ihre Pflicht, wer diese mindestens dreißig Millionen verdient hat. – Aus den Erklärungen des verehrten Herrn Referenten der Marktkommission geht mit absoluter Klarheit hervor, daß *ich* der glückliche Nutznießer der ganzen Operation bin. Die Wirklichkeit ist anders. Ich gehöre nämlich zur Kategorie der Produzenten, also zu den Importeuren, deren Ware in den Zollfreilagern liegt. Als Anfang Oktober 1918 die Beschlagnahmung erfolgte, besaß ich keinen einzigen Liter Rum in einem Privatlagerhaus. Ich fordere jedermann heraus, diese präzise Feststellung zu widerlegen: Zwischen dem 10. Oktober 1918 und dem 1. Februar 1919 hatte ich nicht einen Liter Rum zur Verfügung. In diesem Zeitraum habe ich keinen einzigen Liter verkauft oder geliefert.»

Und jetzt geht Galmot zum Angriff über: die in den Zollfreilagern befindlichen Rumvorräte, die im Gegensatz zu den privat gelagerten weiter beschlagnahmt blieben, hätten laut Garantie der Rum- und Zuckerkommission gar nicht angerührt werden dürfen, denn sie stellten die Restbestände der Ernte dar, von der bereits in den Kolonien fünfundsiebzig Prozent beschlagnahmt worden waren. Außerdem hätte dieser noch unter Zollverschluß befindliche Rum vom Kriegsversorgungsamt zum Preis von Fr. 600.– bis 650.– pro Hektoliter übernommen werden müssen, während das Amt jene Vorräte, die sich schon in der Hand der Großhändler befanden, da sie älteren Datums waren, auf der Basis von Fr. 300.– bis 400.– pro Hektoliter hätte beschlagnahmen können.

Doch auch dies ist dem Deputierten von Guayana nicht genug: er behauptet, die Oberste Heeresleitung hätte die Beschlagnahmung gar nicht angeordnet, da ihre Magazine im Hinterland von Rum überflossen; das Kriegsversorgungsamt sei ganz allein dafür verantwortlich.

Die Deputiertenkammer ist erschüttert. Man beginnt, diesen sonderbaren langen Mann aufmerksam zu betrachten. Er verteidigt sich mit großer Ruhe, und wenn er angreift, tut er es nicht aus Lust am Gezänk, sondern um zu zeigen, wie klar ein realistisch denkender Kaufmann die Lage übersieht. Die wenigen Einwände des Referenten oder des Marktkommissionspräsidenten, die Galmots Ausführungen unterbrechen, erregen die Ungeduld des Hauses.

Der Deputierte von Guayana geht noch weiter. Er hebt einen Moment den Vorhang auf und läßt sehen, was hinter den Kulissen vorgeht. Er erklärt, diese «Rum-Affäre» wäre nur eine Phase im Kampf um die Eroberung des Getreideweltmarkts, und dieser Kampf würde vom Untersekretär des Kriegsversorgungsamtes, Vilgrain, Zug um Zug gegen seinen Minister, Victor Boret, und seinen früheren Bundesgenossen, Louis Dreyfus, geführt.

«Da ich durch die Beschlagnahmung um meine sämtlichen Rumvorräte, meine gesamte Ware gekommen war, sah ich mich am 15. Oktober in einer ausweglosen finanziellen Lage», fährt Galmot fort. Und beweist des weiteren, daß alle Importeure sich in der gleichen Situation befanden, denn «die Quittungen für die beschlagnahmte Ware waren zu einem ganz unbestimmten Zeitpunkt, manche erst achtzehn Monate später zahlbar». Es wäre ihnen nicht möglich gewesen, sich mit ihren Banken zu arrangieren. Darum akzeptierte man eine vom Hafenkonsortium vorgeschlagene Lösung zur gütlichen Einigung, nämlich «die sofortige Lieferung von 50 000 Hektolitern an die Intendantur, worauf die Intendantur in Frankreich wie in den Kolonien die Ware, die sie uns weggenommen hatte, wieder an uns abtrat». Und da die Firma Jean Galmot als einzige über die technische Organisation und Ausrüstung verfügte, die erforderlich waren, um im Lauf von elf Monaten die Ware von der Intendantur zu übernehmen und nach Frankreich zu befördern, war sie gezwungen, die gesamten Vorräte der anderen Importeure aufzukaufen, da die gütliche Einigung nur unter dieser Bedingung zu verwirklichen war.

«Der ganze Bericht von M. de Castellane, alle Entwicklungen, die er hier dargelegt hat, lassen sich in den Satz zusammenfassen: ‹Infolge der Beschlagnahmung hat Galmot den Rumhandel zu Wucherpreisen an sich gerissen.› Doch sämtliche Zeugen werden Ihnen erklären: ‹Von einem wucherischen Aufkauf kann nicht die Rede sein, weil diese Maßnahme Galmot aufgezwungen wurde.›»

Der Referent: «Sie hatten also keinerlei Interesse an der Transaktion? Sie haben alles nur aus Liebe zu Ihren Branchekollegen getan?»

Galmot: «Der Herr Referent fragt mich, welches Interesse ich an der Transaktion hatte. Ich sah mich Verbindlichkeiten im Betrag von neun Millionen gegenüber, ohne irgendwelche Ware oder andere Aktiven zu besitzen. Man machte mir einen Vorschlag, der mir die Möglichkeit gab, meine Verpflichtungen der Bank gegenüber zu erfüllen. Ich war gezwungen, ihn anzunehmen.»

Fünfhundert Deputierte waren beisammen und richteten ihre Blicke auf den Mann, der sich mit so großer Klarheit ausdrückte und in dessen Stimme ein menschlicher Ton mitklang, wie man ihn in Finanz- oder Wirtschaftsexposés für gewöhnlich nicht zu hören bekommt. Sie hatten sich hier versammelt wie Richter, die einen bestimmten Auftrag auszuführen haben, von vornherein von der Schuld des Angeklagten überzeugt. Nun fühlten sie sich betroffen, verwirrt, und konnten sich nicht enthalten, die Unterbrechungen und Erwiderungen der Herren de Castellane und Simyan mit allen Zeichen der Mißbilligung aufzunehmen.

«Der Staat war gezwungen, die Ware viel früher, als er vorgesehen hatte, zurückzuerstatten, weil inzwischen das historische Ereignis des Waffenstillstands eintrat, weil er sich noch immer einzig auf den Beschlagnahmungsbefehl vom 10. Oktober 1918 stützte und weil die Intendantur dem Minister wohl gesagt haben muß: ‹ Als Sie die Rumvorräte beschlagnahmten, waren unsere Magazine zum Überlaufen voll. › Angesichts der Beschwerden der Intendantur und der Magazinstellen hielt es der Versorgungsminister nicht für geboten, die Lieferungsfrist von elf Monaten streng einzuhalten. Er hat früher geliefert.»

Diese Darlegungen waren einleuchtend. Simyan und de Castellane wußten ihnen nichts entgegenzuhalten.

Sie versteiften sich jedoch, und man hörte Jean Galmot noch lebhafter sprechen:

«Damals sorgte ich mich um die Firma, zu deren Aufbau ich fünfzehn Jahre meines Lebens verwendet hatte. Ich hatte so viel gekämpft, so viel erlitten, unter den schwersten Existenzbedingungen der Welt, und ich spürte, daß hinter den gegen mich gerichteten Angriffen eine unbekannte Macht stand, Machenschaften, deren Hintergründe mir verborgen blieben und die das Gebäude, das ich so mühsam errichtete, mit dem Einsturz bedrohten. Haben Sie eine Ahnung, Messieurs, wieviel Arbeit und Kämpfe es kostet, eine Kolonialfirma wie die meine zu gründen? Ich bin erst seit sehr kurzer Zeit aus den Kolonien zurück und kenne die politische Welt und die Geschäftswelt nur schlecht. Sie sagen mir: ‹ Es war Korruption im Spiel. Sie haben den Versuch gemacht, die Lebensmittelversorgung zu bestechen, zu kaufen. › Ja, wieso denn? Im Laufe welcher Transaktionen? Ich soll die Organisation gekauft haben, die mich in die verzweifelte, ausweglose Lage, in der ich mich damals befand, gebracht hatte? Da komme ich nicht mehr mit. Monsieur de Castellane, in ebendem Augenblick, in dem M. Boret sich angeblich dadurch als mein Komplize zu erkennen gab, daß er Anfang Mai 1919 die Rumverkäufe der Intendantur untersagte, um mir eine Hausse-Spekulation zu ermöglichen, in ebendem Augenblick erhob er gegen mich die gerichtliche Klage, die mir auf einen Schlag jede Tätigkeit unmöglich machte. Ich, der ich nur ein Arbeiter bin, Monsieur de Castellane, dessen Hände, das schwöre ich Ihnen, rein sind, mußte mich zum ersten Mal im Leben im Büro eines Untersuchungsrichters gegen eine Anklage verteidigen, von der ich nichts begriff, die sich auf nichts stützte, für die nicht der Schatten eines Beweises vorlag. In diesem Augenblick habe ich den Mann, den man jetzt als meinen Komplizen hinstellen will, aus ganzer Seele gehaßt, denn er war es, der mich entehrte, der mich zu ruinieren drohte . . .»

Dumpf und rauh klingt die Stimme des Mannes durch den ungewöhnlich stillen Halbkreis.

Man hört einige Zwischenrufe. «Ich möchte wissen, was man eigentlich von uns will», brummt Marius Moutet. «Das steht im Widerspruch zum rechtskräftigen Gerichtsurteil!» ruft Marcel Habert in die Richtung von Simyan. Die Versammlung lehnt es ab, weitere Erläuterungen des Präsidenten der Marktkommission anzuhören.

Erst in einer Nachtsitzung kann Simyan sich unter den Protesten der Versammlung näher erklären. Mit Hilfe von de Castellane versucht er, Jean Galmot noch weiter zu belasten. Er versucht abzuschweifen, springt von einem Thema zum anderen, doch in jedem Fall setzt der Deputierte von Guayana ihm präzise Tatsachen entgegen, die seinem Gegner die Rede verschlagen.

Wie das *Journal officiel* berichtet, endet die Sitzung mit einer kläglichen Niederlage von Simyan.

M. Simyan: «Ich möchte schließen . . .»

M. Le Provost de Launay: «Ja, schließen Sie postwendend! Wir haben es satt!»

M. Charles Bernard: «Das ist ein jämmerliches Gerede!» (Beifall.)

Die Resolution, die den Antrag der Marktkommission bedingungslos zurückweist und das Vertrauen der Deputiertenkammer in das Gerichtsurteil bekräftigt, diese Resolution, die das ganze Intrigengespinst der Herren Simyan und de Castellane unerbittlich zerreißt, wird von 574 der 577 Deputierten, also so gut wie einstimmig, angenommen.

Als Simyan sich versteift, ruft ein Deputierter, Levasseur, ihm zu: «Sie reden immerzu von Rum. Und die Cognac-Affäre?» Das Wortspiel erregt Gelächter. Man findet es am nächsten Morgen in allen Zeitungen. Es ist bezeichnend für gewisse Parlamentarier: zweierlei Gewicht und zweierlei Maß. Es war schon eine hübsche Weile her, daß Simyan nicht mehr von der Cognac-Affäre sprach.

Alles in allem war es ein Triumph für Jean Galmot.

Doch er hatte nicht alles gesagt. Er hatte nicht erwähnt, wie schwer ihn die gerichtliche Untersuchung im Mai 1919 geschädigt hatte. Er hatte nicht verraten, daß seine Firma infolge der Beschlagnahmung ihrer Vorräte in einer Hausse-Periode und der überhasteten Rückerstattung in einer Baisse-Periode bei der ganzen Transaktion 1 592 340 Francs verloren hatte, während die Herren Mercier, de Castellane und Simyan mit einem Profit von 15 bis 30 Millionen abschlossen!

Das war etwas, was man nicht an die große Glocke hängen durfte. Irgendwie würde man den Schaden wieder gutmachen, er würde sich schon heraushelfen . . .

Aber es war doch der erste Riß in dem prächtigen Gebäude, das er errichtet hatte. Und die Zeit war nahe, da in Frankreich wie in der ganzen übrigen Welt die große Krise ausbrechen sollte.

ROSENHOLZ UND ANDERE SPEZIALITÄTEN

Die Marktkommission war zu Anfang der Legislaturperiode des *Bloc national*, am 9. März 1920, begründet worden, mit dem Ziel, sämtliche Schieber, Kriegsgewinnler und Betrüger mitleidlos zu verfolgen. Sie hatte 200 000 kriegswirtschaftliche Verträge zu überprüfen. Von diesen 200 000 Dossiers hat sie nur einen einzigen Fall, eben die «Rum-Affäre», gründlich untersucht – und gerade das war vielleicht die einzige Affäre, die den Staat in keiner Weise geschädigt hatte.

Was wurde später aus dieser Marktkommission? Sie löst sich im Nichts auf . . . Als ein paar Monate nach der Rum-Affäre im Departement Saône-et-Loire ein Senatssitz frei wurde, gab der Präsident der Kommission, Simyan, seinen Posten auf und ließ sich zum Senator wählen. Seine weiteren Spuren verlieren sich in der *Salle des pas perdus*.

Ein Ergebnis hat die Kommission immerhin zu verbuchen. Die Firma Jean Galmot, die schon durch ihre Verluste anläßlich der Rumbeschlagnahmung erschüttert ist, gerät durch die Hetzkampagne der *Lanterne*, durch die Hausdurchsuchungen, die politischen Angriffe, die Versuche, ihren Bankkredit zu unterminieren, in eine kritische Lage.

In dem schönen Gebäude, das Jean Galmot errichtet hat, in diesem «weiträumigen, festgefügten Haus, dessen Fenster den ganzen Horizont zwischen dem Orinoko, dem Amazonas und den Antillen beherrschen», wie er es in der Widmung des Buches *Ein Toter lebte unter uns* für Maître Henri-Robert beschreibt, ist ein Riß entstanden. Der erste.

Ein unsichtbarer Riß, gewiß, der sich leicht vor dem Publikum verbergen läßt und den er sogar wieder kitten könnte, wenn man ihm nur eine Atempause gewährte, der aber, so wie die Dinge liegen, immer größer wird.

Wo gibt es einen Kaufmann, einen Industriellen, der in dieser kritischen Periode der Nachkriegszeit nicht mit finanziellen Schwierigkeiten zu kämpfen hätte? Der Staat selbst ist nur einen Schritt vom Bankrott entfernt, und Frankreich ist nicht das einzige Land, das die Krise zu spüren bekommt.

Aber Jean Galmot ist nicht der Mann, den Mut zu verlieren. Diese Geldverlegenheiten – ein Grund mehr, um zu arbeiten. Und er vervielfacht seine Tätigkeit.

Bei seinen Besuchen im Schloß Montfort, in den Büros der Champs-Elysées und in der Rue Victor-Emmanuel III (wo Jean Galmot seine Pariser Wohnung und sein politisches Büro eingerichtet hat) hat der Gerichtskommissär, M. Pachot, nicht alles mitgehen lassen. Ich konnte dort einige Tage lang eine große Anzahl von Ordnern durchblättern, deren jeder einzelne die Tatkraft und Klugheit des Deputierten von Guayana unter Beweis stellt.

In einem Brief eines der bedeutendsten Industriellen unserer Zeit finde ich zwei Stellen, die sich auf Jean Galmot beziehen und mir bezeichnend erscheinen. Seine Kühnheit hat nicht nur sportlichen Charakter wie die von Alain Gerbault, der ebenfalls vom Hafen Cannes auszog, sie ist überdies praktischer Art: er stellt die Verbindung zwischen den überseeischen Produzenten und den Industriellen des Mutterlandes her.

Im Sommer 1909 lief ein Segelschiff mit einer Ladung von aromatischen Hölzern aus Guayana, direkt von Cayenne kommend, im Hafen von Cannes ein. Das war für unsere Gegend, die Alpes-Maritimes, die das Hauptzentrum der französischen Parfumindustrie ist, ein noch nicht dagewesenes Ereignis.

Soviel zur Kühnheit Galmots, der damals noch ein ganz kleiner Händler war; man erkennt schon in diesen frühen Anfängen seiner Laufbahn den *conquistador*.

Im Laufe weniger Jahre stieg die Erzeugung von Rosenholzessenz, die dreißig Jahre lang etwa 12 000 bis 15 000 Kilo jährlich betragen hatte, sukzessive auf 30 000, 60 000 und schließlich 90 000 Kilo pro Jahr an, einzig dank der Tatkraft Jean Galmots.

Soviel zum Erfolg seiner Kühnheit.

Erst der Krieg beginnt ihn Paris näherzubringen. Seine Überquerungen des Ozeans, auf Frachtern, auf Schonern, sind Legende geworden. Im Winter 1914 begibt sich der Pflanzer aus Guayana nach Frankreich, um sich als Kriegsfreiwilliger zu stellen. Dieser Zug ergänzt sein Bild. Jetzt ist der Mann ganz zu sehen.

Zu wiederholten Malen versucht er vergeblich, Soldat zu werden. Im Jahre 1900 zurückgestellt, 1902 für dienstuntauglich erklärt, vermag er mit all seinen Bemühungen nichts zu erreichen. 1915 macht die endgültige Entlassung aus der Wehrpflicht ihnen ein Ende. Doch dank seiner Beharrlichkeit wird er von der Regierung mit einer Propaganda- und Inspektionsreise durch die zentralamerikanischen Staaten betraut. Selbstverständlich ehrenhalber, ohne Kostenersatz. Das passiert ihm nicht zum ersten Mal.

Was wird er dort entdecken?

«Er stellt fest, daß in einer der zentralamerikanischen Republiken der Mann, der als französischer Konsul fungiert, ein Deserteur ist. Ein Stückchen weiter hält sich der Beamte, der mitten im Krieg unser Land repräsentiert, eine deutsche Hausdame, die praktisch die Gesandtschaft regiert. In einer unserer Nachbarkolonien ist der französische Konsul ein Deutscher, in einem neutralen Land ist es ein Holländer, der an der Spitze einer deutschen Firma steht», lesen wir in der Verteidigungsschrift von Maître Henri-Robert.

Zählen wir nach.

Vier unlautere Affären, die Jean Galmot aufdeckt. Vier neue Rekruten für das Heer von Feinden, die in diesem Mann eine öffentliche Gefahr erblicken.

Hatte Don Quichotte jemals Angst? Traf er Vorsichtsmaßnahmen, bevor er gegen die Windmühlen loszog? Nein, niemals. Seine Begeisterung riß ihn fort. Und wie endete Don Quichotte?

Ich habe schon von der bedeutsamen Rolle gesprochen, die Jean Galmot in der französischen Kriegsversorgung spielte.

Was er über den Krieg dachte? «In diesem Abnützungskrieg kommt es letzten Endes mehr auf die Geldmittel als auf die Mannschaftsbestände an. Siegen wird die Seite, die dem Gegner um die letzte Kanone überlegen ist. Kanonen aber erzeugt oder kauft man für Geld. Ich nehme an, den Sieg werden die Alliierten mit Söldnertruppen davontragen. Zum Schluß werden alle Gehirne und Arme der Alliierten zur Herstellung von Munition eingesetzt werden, wobei das Wort in seinem weitesten Sinn zu verstehen ist; Korn ist genau so gut Munition wie Granaten.

Wenn ein Bauer Korn im Wert von hundert Francs pflanzt, wenn ein Bergmann Erz im Wert von hundert Francs schürft, muß man den Bauer und den Bergmann an ihre Arbeitsstätten zurückschicken und ihren Platz im Schützengraben durch einen Söldner ausfüllen, der das Land nur die Hälfte oder ein Viertel dieses Betrags kostet», schreibt er anläßlich einer Reise nach England in sein Notizbuch.

Heute wendet man in Frankreich bei allen passenden und unpassenden Gelegenheiten das Wort «Realpolitik» an, das der große deutsche Geograph Ratzel prägte. Damit sucht man die Einstellung von Tatmenschen zu umschreiben, die den Mut aufbringen, geradlinig zu denken und zu handeln und ihre Ideen konsequent durchzuführen. Neben einem Jean Galmot machen unsere heutigen «Realpolitiker» eine recht klägliche Figur.

Ich möchte versuchen, einen Begriff von der vielfältigen Aktivität Galmots zu geben, als er nach der Gründung seiner Firma und seiner Wahl zum Deputierten in Paris Wohnsitz nahm.

Eine wenn auch zweifellos unvollständige Aufzählung der Niederlassungen, Büros, Fabriken,

Werkstätten, die er in Frankreich, in den Kolonien, im Ausland gegründet hatte, habe ich schon angeführt. Vor allem seine Goldschmelzerei, Rue de Montmorency 14, just gegenüber dem Unternehmen seiner Konkurrenten, der allmächtigen Beherrscher des Goldraffineriemonopols, zeugte von der gleichen erfrischenden Keckheit wie die Eröffnung einer eigenen Gummifabrik, durch die er sich von den drakonischen Bedingungen des Internationalen Welt-Kautschuktrusts freimachte.

Die Ergebnisse seiner Mission in Zentralamerika und die Überzeugung, daß die französische Auslandspropaganda nicht auf der Höhe der Ereignisse sei, bewogen ihn, ein Konsortium von Großindustriellen zu gründen, für dessen Rechnung er von Bazil Zaharoff und Henri Turot, die er durch Vermittlung von François Coty und Aristide Briand kennengelernt hatte, die *Agence Radio* erwarb. Man weiß, welche Dienste diese Telegraphenagentur Frankreich im Krieg und nach dem Waffenstillstand geleistet hat. Weniger bekannt ist die Tatsache, daß Galmot mitten in den Verhandlungen von seinem Konsortium im Stich gelassen wurde; infolge der Einschüchterungskampagne, die von einer der großen Nachrichtenagenturen finanziert wurde, löste es sich wieder auf, und Galmot mußte für die Zaharoff und Turot gegenüber eingegangenen Verpflichtungen allein aufkommen. Es handelte sich um mehr als fünf Millionen Francs.

Als Deputierter zeichnete sich Jean Galmot ebenfalls durch seine rastlose Tätigkeit aus.

Von Anfang an betonte er seine Unabhängigkeit dadurch, daß er sich in keine Partei einschrieb, sondern stets unter der kleinen Gruppe der «Wilden» blieb, die sich nicht zähmen ließen. Die Deputiertenkammer des *Bloc national* zog nichtsdestoweniger aus seiner Tüchtigkeit großen Nutzen, wie aus der langen Liste der parlamentarischen Ausschüsse, Kommissionen und Studiengruppen hervorgeht, denen er angehörte. Er betrieb seine politische Tätigkeit niemals unterirdisch, denn er liebte den Palais-Bourbon und seine Fauna nicht übermäßig und pflegte dies nicht zu verbergen (was auch die eher kühlen Gefühle erklärt, die seine Kollegen ihm entgegenbrachten). Daneben schrieb er viel für Zeitungen wie *L'Oeuvre, L'Information, La Dépêche coloniale, Les Annales coloniales,* etc.

Ein Leitmotiv zieht sich durch alle seine Artikel: der Reichtum der Kolonien, insbesondere der Reichtum von Guayana, «das reichste Land der Welt und die älteste unserer Kolonien». Er tut sein möglichstes, um die Leute für den kleinen Rest, der Frankreich von seinem großen amerikanischen Kolonialreich geblieben ist, zu interessieren, und wird nicht müde, darauf hinzuweisen, daß hier die Zukunft liegt, daß es hier noch unerschöpfliche Schätze zu heben gibt. Seine Worte sind eher die eines Tatmenschen als eines Parlamentariers:

«In die Ferne ziehen. Frei sein. Keinem anderen Herrn gehorchen als sich selber. Das Leben in den Kolonien ist die beste Schule der Energie und Tapferkeit. Doch wenn ein junger Mann sich zum Abenteuer hingezogen fühlt, erheben sich alsbald Stimmen, die ihm warnend zurufen:

‹Heute gilt ein junger Mensch, der in die Kolonien geht, als abgestempelt. Die Kolonien sind im Besitz einiger großer Feudalherren, die weder Gnade noch Recht kennen. Wer ihnen Widerstand zu leisten sucht, dem brechen sie das Kreuz.›

Gerade darum muß man den jungen Menschen immer wieder sagen: das Leben in den Kolonien ist es wert, gelebt zu werden! Es gilt zu wählen:

Freiheit oder Knechtschaft! Der Erfolg lohnt den Einsatz. Grausam ist das Leben nur im spießbürgerlichen Milieu, das euch von allen Seiten einengt. Wenn ihr an Schönheit und Gerechtigkeit, wenn ihr ans Leben glaubt, dann versucht euer Glück in den Kolonien!»

Es sind die Worte eines ewig jungen Mannes, den der Kampf immer locken wird.

Bei seiner leidenschaftlichen Suche nach Möglichkeiten, die Wirtschaftskrise zu bekämpfen, in die sich Frankreich nach Kriegsschluß verstrickt sieht, denkt Galmot vor allem auch an Guayana.

In diesem Zusammenhang ist zu erwähnen, daß er, wie einst Beaumarchais, an eine staatliche Lotterie dachte (und auch in der Deputiertenkammer einen entsprechenden Antrag stellte), die dem Staat jährlich sechs Milliarden eingebracht hätte. Diese Lotterie mit jährlich 500 Millionen Gewinnlosen sollte sich auf die monatliche Emission von 45 Millionen Losen zu 25 Francs stützen. Das Projekt wurde als «unmoralisch» verworfen.

Jean Galmot ließ nicht davon ab, das Gold und die Wälder von Guayana zu preisen. Er legte dar, daß die ersehnte Rettung von dort kommen würde, und machte sich in uneigennütziger Weise erbötig, die Auswertung der kolonialen Reichtümer zum Nutzen Frankreichs zu organisieren.

Er betonte auch, daß Guayana bei allfälligen Verhandlungen um ausländische Anleihen ein wertvolles Pfand bedeuten könnte. Dank seinen häufigen Kontakten mit englischen und amerikanischen Finanzleuten hatte er das Problem von Anleihen in den Kolonien wie im Ausland gründlich studiert und verblüffte durch seine profunde Sachkenntnis, die derjenigen der verantwortlichen Minister um nichts nachstand. Klotz zum Beispiel verblaßte neben ihm. Und so mancher meinte, der richtige Platz für einen Mann seines Kalibers wäre in der obersten Verwaltung des Staates.

Noch eine bemerkenswerte Einzelheit: zur intensiven Ausbeutung der Schätze im guayanischen Urwald empfahl Galmot den Einsatz von Flugzeugen und Wasserflugzeugen, womit er selbst gute Erfahrungen gemacht hatte.

Über Jean Galmot als Flieger könnte man ein ganzes Kapitel schreiben.

Man erinnert sich, daß die erste reguläre Fluglinie von Guayana, die Saint-Laurent-du-Maroni und Cayenne mit dem Landesinneren verband, seine Schöpfung ist. Das Flugzeug bewältigte in zwei Stunden die Strecke, für die man früher im Boot sechzig Tage gebraucht hatte. Die Errichtung von Hangars und ultramodernen Installationen im tiefsten Urwald bewies einmal mehr, daß dieser Mensch nicht davor zurückschreckte, eingefleischte Vorurteile zu zerstören, sondern sich alles zunutze machte, was der wissenschaftliche Fortschritt ihm bot. Galmots Tod hat unter anderem bewirkt, daß man jetzt wieder sechzig Tage für eine Strecke braucht, die man in zwei Stunden zurücklegen konnte . . .

Doch er beschränkte seine Propaganda nicht auf Guayana, sondern setzte sich ebenso kampflustig für die Gründung von Fluglinien in den anderen französischen Kolonien ein. In Frankreich selbst organisierte er mit seinen eigenen Apparaten (*Jean-Galmot 1, Jean-Galmot 2,* usw.) eine *Tour-de-France* per Flugzeug, was ihn sehr populär machte. Er war außerordentlich tollkühn. Nach seinem triumphalen Wahlerfolg in Guayana sah man ihn in seinem Privatflugzeug über Montfort erscheinen und auf einem unmöglichen Terrain, wider jede Logik, eine glatte Landung vollbringen. Er konnte einfach nicht der

Versuchung widerstehen, auf so wunderbare Art in seine Heimat zurückzukehren!

Don Quichotte, der Mann mit den Kinderaugen – ein bißchen Angeberei war dabei. Ist Angeberei mit Realismus unvereinbar? Auf einer gewissen Stufe wird sie zum Heroismus, zu einer Überlegenheit des Handelns. Wir zitieren einen Brief von Dick Farman, dem Konstrukteur der *Jean-Galmot*-Modelle.

Ich muß Sie immer wieder eindringlich ermahnen, alle Vorsichtsmaßnahmen zur Vermeidung von Unfällen zu beachten. Legen Sie auch Ihren Piloten äußerste Vorsicht ans Herz, um Zwischenfälle oder Unfälle zu vermeiden, die wir bitter beklagen müßten. Das gilt besonders für Sie, Monsieur Galmot, der Sie es unternommen haben, eine neue Lufttouristik zu begründen. Vielleicht muß ich Ihnen auch den Vorwurf machen, daß Sie allzu großes Vertrauen in die Fliegerei setzen und meinen, ein Flug wäre heute schon ebenso sicher wie eine normale Autofahrt ...

Es ist immer noch derselbe Mann, der einen Schoner voll Rosenholz von Guayana nach Cannes brachte, der seine Werkstätten ausgerechnet gegenüber denjenigen seiner mächtigen Konkurrenz aufstellte, der nie aufhören wird, die Gefahr herauszufordern, weil er das Leben in all seinen Erscheinungsformen liebt, voll von Tatendrang und Abenteuerlust.

Nachdem Jean Galmot die erste Runde gegen seine Widersacher gewonnen hat, macht er sich wieder an die Arbeit. Bei all seiner vielfältigen parlamentarischen, technischen, journalistischen und finanziellen Tätigkeit läßt er sich durch nichts von seiner Hauptsorge ablenken: die Firma Jean Galmot muß sich aus ihrer schwierigen Lage herausarbeiten.

Es gilt, das verlorene Terrain zurückzugewinnen.

Die Stunde ist ernst.

Denn Geschäft ist nicht Geschäft.

GESCHÄFT IST NICHT GESCHÄFT

Nein, Geschäft ist nicht Geschäft.

Zwei gerichtliche Ermittlungsverfahren gegen Jean Galmot hatten jeweils mit einem unbedingten Freispruch geendet.

Am 16. Februar 1921 hatte die Deputiertenkammer mit 574 Stimmen gegen 3 eindeutig erklärt, daß sie es nicht für notwendig hielt, die Anklagen, die von den Herren Simyan, de Castellane, Mercier, von der *Lanterne* und den Hintermännern des ganzen Kesseltreibens gegen Jean Galmot erhoben wurden, weiter zu verfolgen.

Doch die Meute war nicht befriedigt. Sie wollte das Fell des Mannes.

Unter den nachgelassenen Papieren von Galmot, die ich ein paar Stunden lang durchblättern durfte, fand ich eine Notiz, die er offenbar zur Zeit seines Zusammenbruchs geschrieben hatte und die gerade in ihrer Objektivität einen rührenden Klang hat. Galmot weist darauf hin, welch hartnäckigem Widerstand die großartigsten kolonialen Unternehmungen in ihren Anfängen schon immer begegneten, und zitiert in diesem Zusammenhang einige offizielle Erklärungen anläßlich der Ausgabe der Aktien der *Compagnie universelle du Canal de Suez*, die später ihren Besitzern ein Vermögen eintrugen. «Ein großangelegter Schwindel», behauptete Lord Palmerston im Unterhaus. – «Offenkundiger Diebstahl. Der Kanal ein Ding der Unmöglichkeit!» rief die offiziöse Zeitung *Globe* aus. – «Löcher in den Sand bohren – in einem Land, in dem nicht einmal die Erde solid ist . . .», schrieb die *Times.* Und die *Daily News* ereiferte sich: «Die überspanntesten Sensationsschriftsteller sind Waisenkinder im Vergleich zu dem Scharlatan, der seinem Publikum einzureden versucht, 250 kranke Europäer und 600 zwangsweise rekrutierte Araber könnten ein so unerhörtes Werk ohne Geld, ohne Wasser und ohne Stein vollenden.»

Heute erhebt sich das Denkmal von Ferdinand von Lesseps am Eingang des Kanals.

Und Panama? Skandale, Gefängnis, Entehrung für den alten Mann, der die Großen dieser Welt nach ihrem wahren Wert beurteilte!

Ein Korkeichenwald sproßt aus den vierhundert Lokomotiven, die von den Franzosen liegengelassen wurden.

Lebende Kadaver.

Auf den orchideenüberwucherten Kran ist ein Palmbaum aufgepfropft.

Die Räder der Kanonen von Aspinwall von Pfefferfressern zernagt.

Ein Bagger aus Schildkröten.

Im geborstenen Gasometer hausen die Pumas.

Die Schleusen sind von den Sägefischen durchbohrt.

Die Pumpenrohre von einer Leguankolonie verstopft . . .

Das ist Panama, das Panama von Lesseps.

Diese Verse, die ich im Jahre 1912 am Ufer der damals verlassenen Baustelle schrieb, passen auch auf die Niederlassungen und Fabriken, Werkstätten und Büros, Flugzeuge und Maschinen der Firma Jean Galmot am Tage nach ihrem Bankrott.

Nein, Geschäft ist nicht Geschäft.

Ach, diese Rum-Affäre! Jean Galmot bestand sie siegreich. Trotzdem – damit hatte alles begonnen.

Der erste Riß.

Man mochte ihn noch so geschickt verstecken, verhüllen – er wurde immer größer.

Erstes Quartal 1921.

Überall, in der ganzen Welt, ist Krise.

1920 hat es in Japan zu krachen begonnen. Gegen Jahresende hat sich die Lähmung auf die wichtigsten Organe der amerikanischen Industrie ausgedehnt, dann folgte England und schließlich gleichzeitig Frankreich und Italien.

Das hungernde italienische Proletariat bemächtigt sich der Fabriken.

In England beziehen 2 600 000 Arbeitslose (gegen einen Durchschnitt von 110 000 in den letzten zehn Jahren) Unterstützungen in der Höhe von vielen hunderttausend Pfund Sterling.

In den Vereinigten Staaten zählt man 2 500 000 Arbeitslose (gegen 65 000 im Jahre 1913). Wucherer und Schieber werden gerichtlich verfolgt.

In Frankreich werden die Zölle vervielfacht, die Löhne gesenkt, die Budgets verschleiert. «Der Boche soll zahlen.» Das ist die Formel.

Konkurse in England: 2286 im Jahre 1920, 5640 im Jahre 1921 gegen durchschnittlich 560 vor dem Krieg. In den Vereinigten Staaten erreichen im Jahr 1921 die Konkurssummen den Betrag von 1 Milliarde Dollar gegen durchschnittlich 180 Millionen in den zehn letzten Vorkriegsjahren.

In Frankreich veröffentlicht man keine statistischen Zahlen über die Konkurse . . .

Die Banken zittern. Ihre Grundfesten sind erschüttert. Sie versuchen alle nur erdenklichen Mittel. Man erinnert sich an die 400 Kläger beim Krach der *Société centrale des Banques de Province,* an die Affäre der *Banque Industrielle de Chine* und viele andere.

Erstes Quartal 1921.

Der Riß klafft weiter. Jean Galmot läuft Gefahr, in den allgemeinen Zusammenbruch hineingerissen zu werden. Dabei würde es genügen, ihm Vertrauen entgegenzubringen.

Diesen Moment wählen seine Feinde, um ihn aufs heftigste anzugreifen.

Ein Industriekapitän, ein großer Finanzmann, ein Mann, der aufbaut. Hinter ihm stehen Goldlager, Kautschuk- und Rosenholzwälder, Kaffee, Kakao, Rum. Hinter ihm stehen Reichtümer. Ihm kann doch die Krise nichts anhaben, nicht wahr? Vielleicht erwächst in ihm ein Retter. Er könnte Handel und Industrie aus dem Sumpf heraushelfen. Es würde genügen, ihn zu stützen, ihm Vertrauen entgegenzubringen.

Nein, just nicht!

Geschäft ist nicht Geschäft.

Das ist der rechte Augenblick, um ihn zu torpedieren. Wenn er sich heraushilft, sind wir alle erledigt.

Am 12. März 1921 gewährt das Handelsgericht des Departement Seine Jean Galmot die Rechtswohltat des Stundungsnachlasses. Am 16. März erhebt die Société centrale des Banques de Province Klage gegen ihn. Am 17. März wird der Buchprüfer Pinta als Sachverständiger bestimmt. Am 18. trifft M. Pinta in Bordeaux ein. Am 23. kehrt er von dort zurück und legt tags darauf seinen Bericht vor. Am 25. erneuert die Société des Banques de Province ihre Klage. Am 29. beantragt der Generalstaatsanwalt die Aufhebung der parlamentarischen Immunität. Am 30. wird der Antrag der Deputiertenkammer vorgelegt. Am 31. wird die Immunität aufgehoben, am 1. April erfolgt die Verhaftung. Niemals seit Parlamentsgedenken wurde so rasche Arbeit geleistet.

Dies schreibt eine Zeitung am Tag nach Galmots Verhaftung. Leider ist die Verhaftung kein Aprilscherz. Galmots Bruder Henry schreibt ihm am 1. April um zehn Uhr abends:

Deine Feinde, die Dich seit zwei Jahren verfolgen und so oft verkündet haben, sie würden Dir das Fell über die Ohren ziehen, können Dir nichts anhaben, wenn Du nur willst, wenn Du nur allen Lügen und Verleumdungen und Gemeinheiten zum Trotz stark und tapfer bleiben willst. Wir kennen Dein Leben und auch Dein großes Verbrechen, das einzige, das man Dir vorwerfen kann und dessentwegen ich Dich manchmal gescholten habe: Deine übermäßige Güte. Aber jetzt darfst Du nicht mehr gut sein ...

Jean Galmot lächelt. Er versteht zu kämpfen, und er hat Vertrauen. Seine Briefe an die Familie atmen Kraft und Mut.

«Ich habe Vertrauen zur Justiz meines Landes ... Ich habe nach Richtern verlangt, ich warte auf ihren Spruch», erklärt er.

Und dieser Mann hat sich für einen «König von Paris» halten können! «König des Dschungels», ja. Denn den Dschungel kennt er, dort hat er gelebt und den Angriffen die Stirn bieten gelernt.

Meint er denn, er wäre noch im Dschungel? In Paris greift man nicht von vorn an.

Nein, Geschäft ist nicht Geschäft.

Zwei Befehle zur Einstellung des Verfahrens hatten der berühmten Rum-Affäre ein Ende gemacht – hätte man meinen sollen.

Doch einige Tage nach der Sitzung, in der Jean Galmot den Sieg davontrug, wird ein drittes Untersuchungsverfahren eröffnet, wieder in der gleichen Angelegenheit.

Allerdings – als ein paar Wochen später die *Société centrale des Banques de Province* Klage gegen Jean Galmot erhebt, wird dieses dritte Ermittlungsverfahren in der Rum-Affäre sang- und klanglos fallen gelassen. Man hört nie wieder davon.

Ist das klar genug?

Im Bericht des Gutachters Pinta, der der Deputiertenkammer am 31. März 1921 vorgelegt wird, ist der Fall Galmot/*Société des Banques de Province* folgendermaßen zusammengefaßt:

M. Jean Galmot, der im Krieg viel Geld verdient hatte, geriet durch das Fallen des Rumprei-

ses in eine schwierige Situation. Um seinen erschütterten Kredit zu festigen, setzte er Wechsel in Umlauf, die von seiner Umgebung akzeptiert wurden, doch um sie zu eskomptieren, mußte er mit seiner Ware Bürgschaft leisten. Er hatte große Mengen Ware, nicht nur in Bordeaux, sondern auch in Le Havre und Nantes. Hier liegt der Ursprung der Warenkreditscheine, die er unter den bekannten Umständen transferierte. Doch wie hoch ist der juristische Wert dieser Kreditscheine? Sichern sie ihren Besitzern die gleichen Vorrechte zu wie ein rechtmäßig abgetretenes Pfand? Mit dieser Frage wird sich die Gerichtsbarkeit zweifellos noch zu befassen haben. Der Begriff des Pfandes setzt voraus, daß der betreffende Gegenstand vom Schuldner an den Gläubiger abgetreten wird. Das hat M. Galmot nicht getan; allerdings hat der Schuldner es auch nicht von ihm verlangt ... Es handelt sich also höchstens um die Zusage einer Verpfändung, aber nicht um eine tatsächliche Verpfändung.

Wer ist eigentlich diese *Société centrale des Banques de Province*? Sie hat sich soeben einen neuen Verwaltungsrat und neue Direktoren zugelegt, nachdem sie durch die Krise hart an den

Rand des Bankrotts geraten war. An der Spitze der neuen Direktion steht M. Exbrayat, seinerzeit einer der schärfsten Gegner von Victor Boret in dessen Streit mit dem früheren Untersekretär des Kriegsversorgungsamtes, Vilgrain.

Die *Société des Banques de Province* steht schon lange in Geschäftsverbindung mit Jean Galmot. Aus den Prozeßverhandlungen wird hervorgehen, daß die Bank bei ihren Finanztransaktionen mit der Firma Galmot im Lauf der letzten drei Jahre etwa 4 Millionen Francs verdient hat. Ebenso, daß der Leiter des Dokumentationsdienstes der Bank auch den Dokumentationsdienst der Firma Galmot unter sich hatte, und daß die Verträge, die beide Unternehmen miteinander verbanden, richtige Gesellschaftsverträge waren: die Bank setzte den Verkaufspreis für die Ware der Firma Galmot fest und kassierte das Geld dafür ein.

Und jetzt spricht man von einem gewaltigen Betrug. 23 Millionen soll die Schadenssumme betragen, zumindest fordert die Bank so viel.

Ungeachtet des Stundungserlasses, den das Handelsgericht Jean Galmot am 13. März gewährte, hat die neue Direktion der Bank Klage erhoben.

Es ist nicht die einzige. Auguste Ravaud, der frühere Sekretär Vilgrains, der sich jetzt als Warenmakler betätigt und mit der Firma Galmot in Geschäftsverbindung steht, fordert seinerseits 370 000 Francs. Allerdings antwortet Jean Galmot unverzüglich mit einer Gegenklage auf Veruntreuung eines Betrages von 130 000 Francs.

Die *Société centrale des Banques de Province* und M. Ravaud: diese beiden Klagen bringen alles ins Rollen.

Als Jean Galmot am 30. März von einer Geschäftsreise ins Ausland zurückkehrt, erfährt er, daß gegen ihn ein Antrag auf Einstellung der parlamentarischen Immunität vorliegt. Ein Malariaanfall hat ihn ans Bett gefesselt; trotzdem wohnt er am nächsten Tag, von Fieberfrost geschüttelt, der Sitzung der Deputiertenkammer bei. Der Sprecher des Hauses, Moro-Giafferi, gibt die Zustimmung der Kommission bekannt, die mit der Überprüfung der Strafanklagen gegen Galmot beauftragt ist, und fügt hinzu: «M. Galmot, der hier anwesend ist, teilt uns soeben mit, daß er sich dem Antrag anschließt. Da es sein Wunsch ist, sich ausführlich vor Gericht zu verteidigen, ersucht er die Kammer ebenfalls um Aufhebung seiner Immunität, in dem doppelten

Sinn, daß erstens die Gleichheit der Bürger vor dem Gesetz keine Ausnahme erleiden soll, und daß er zweitens seine Unschuld am besten beweisen kann, indem er öffentlich dafür eintritt.» (Beifall.)

Jean Galmot bestätigt dies mit den kurzen Schlußworten: «Es gibt noch Richter in Frankreich.»

Don Quichotte. Immer noch Don Quichotte.

Es gibt Richter in Frankreich, das steht fest.

Was die offizielle Geschichtsschreibung nicht berichtet: ein für sein Draufgängertum bekannter sozialistischer Abgeordneter, einer der eigenwilligsten Köpfe der Kammer, hatte am gleichen Tag zu Galmot gesagt: «Wehren Sie sich! Nennen Sie bloß den Namen Ihrer Gegner, und ich packe aus! Ich werde beweisen, daß die Regierung mit ihren Angriffen gegen Sie nur Ihre Gegner zu decken sucht, die viel schlimmere Klagen zu gewärtigen haben!» – Auf diese Weise hätte man eine andere Fassung der «Rum-Affäre» zu hören bekommen.

Doch Jean Galmot glaubte an die Justiz seines Vaterlandes. Er lehnte ab.

Er war doch Jean Galmot, Abgeordneter von

Guayana, ein Mann, der etwas darstellte, der Chef eines der reichsten Handelshäuser von Frankreich!

Nein. Er war nur ein jämmerlicher Betrüger, ein Lump, den man so schnell wie möglich festnehmen mußte.

Am nächsten Morgen, um sieben Uhr, war er verhaftet.

Man glaubt zu träumen.

Der Beschluß, die parlamentarische Immunität aufzuheben, wurde am 31. März um sieben Uhr abends gefaßt. Da die nächste Sitzung erst am 12. April stattfinden sollte, konnte das Sitzungsprotokoll und damit der authentische Text der Resolution, die die Deputiertenkammer am 31. März gefaßt hatte, dem Justizminister erst nach dem 12. April vorgelegt werden.

Doch Justizminister Bonnevay ließ Jean Galmot am 1. April, um sieben Uhr früh verhaften – im Widerspruch zum Wortlaut von § 121 des Strafgesetzbuches.

Warum?

Man versichert mir, daß ein berühmter Hochschullehrer, der Dekan der Juristischen Fakultät von Bordeaux, in seinem Kolleg die Verhaftung

Jean Galmots als typisches Beispiel einer willkürlichen Verhaftung zu zitieren pflegt. Maître Henri-Robert und andere legten gegen diese Willkür Protest ein.

Doch Jean Galmot glaubt an die Justiz seines Landes.

Zum Lohn dafür wird er in der *Santé* in die elendeste Zelle gesteckt. Dort gibt es einen Strohsack, dem er nicht in die Nähe zu kommen wagt, und wahre Prachtexemplare von Ratten. Alle zwei Stunden erscheint eine Streife, um zu kontrollieren, ob der gemeingefährliche Verbrecher noch da ist. Er hat 39 ° Fieber und wird noch lange leiden müssen. Erst nach sechzig Tagen befreit man ihn aus diesem Loch.

Was hat er denn eigentlich verbrochen, dieser Jean Galmot?

Zwei Jahre später wird es anders aussehen. Da ziehen die *Société des Banques de Province* und M. Ravaud ihre Klagen zurück, nachdem die darin genannten Beträge schon vorher drastisch herabgesetzt wurden. Bei der am 20. April stattfindenden Verhandlung des Handelsgerichts empören sich die versammelten Gläubiger einstimmig gegen «die Haltung dieser Bankiers, die Geschäftspartner des Angeklagten gewesen waren und, um nutzlosen Zeitgewinn, Anklagen erhoben, die eine Herausforderung des gesunden Menschenverstands und der Justiz darstellen und denen in erster Linie die Gläubiger, deren Interesse sie hätten schützen müssen, zum Opfer gefallen sind.» – Und Maître Henri-Robert macht sich in seinem Plädoyer über den Kapitän lustig, «der die Ladung des gefährdeten Schiffleins zu retten sucht, indem er sie ins Meer wirft – ein recht eigentümliches Mittel, um das Interesse der Aktionäre zu wahren».

Wohlgemerkt, das alles geschieht zwei Jahre später. Ja, es gibt Richter in Frankreich, doch sie arbeiten langsam, langsam, langsam . . .

So eilig sie es hatten, den Steuermann einer auf falschen Kurs geratenen Firma einzulochen, so lange werden sie sich's überlegen, ihn provisorisch auf freien Fuß zu setzen.

Der Verbrecher hält den Bürger bei Brot, sagt ein altes juristisches Sprichwort. Vielleicht erinnert sich Jean Galmot in seiner Gefängniszelle daran.

EIN FREIER MANN

Am 8. Juli 1901 erließ der Staatsanwalt über Befehl des Justizministers ein Rundschreiben, in welchem ausgeführt wurde: «Bei Polizeivergehen sind Individuen, die einen festen Wohnsitz besitzen oder einer geordneten Tätigkeit nachgehen, nur ganz ausnahmsweise unter Haftbefehl zu stellen. Bei strafrechtlichen Verfahren erweist sich die Untersuchungshaft zwar oft als unerläßlich, doch es wäre falsch zu glauben, daß sie sich immer aufdrängt. Ein Haftbefehl soll nur im Fall absoluter Notwendigkeit erteilt werden.» – Am 13. Januar 1920 erschien ein neues Rundschreiben, das den Text des alten Erlasses streng in Erinnerung rief, und am 15. März 1922 doppelte Staatsanwalt Scherdlin nach, indem er hinzufügte: «Einstweilige Belassung auf freiem Fuß soll die Regel bilden, Untersuchungshaft die Ausnahme.» – Justizminister Raoul Peret hat erst kürzlich wieder ähnliche Erklärungen abgegeben.

Doch am 1. April 1921 wird Jean Galmot, der

Deputierte von Guayana, in das Gefängnis *Santé* eingesperrt, in die Abgeschlossenheit einer Einzelzelle, die der barbarischsten Länder würdig wäre. Man hat ihm alles weggenommen: seine Hosenträger, seine Krawatte, seinen Kragen, sogar seinen Taschenbleistift. Nur den Rasierapparat hat man ihm gelassen.

Seinen Rasierapparat.

Jean Galmot kennt seine Klassiker, und plötzlich findet er seinen Humor wieder.

Bei der Flucht der *Grande Armée* aus Rußland taute Stendhal jeden Morgen sorgfältig ein Stück Eis auf und rasierte sich aufs gewissenhafteste. Das war besser als den Mut verlieren und vor Verzweiflung krepieren. – Wenn die Wärter jetzt alle zwei Stunden durch das Guckloch von Galmots Zelle spähen, ist er zu ihrer Überraschung stets dabei, sich zu rasieren – mit einem langen Seitenblick.

Endlich fühlt er sich frei.

Eingeschlossen in ein Verlies von zwei auf drei Meter, mit einem stinkenden Loch in der Ecke, aus dem riesige, ausgehungerte Ratten auftauchen, fieberkrank, vor Kälte schlotternd, mutterseelenallein, ist er endlich frei.

Der Rasierapparat – das macht ihn lachen, und er lacht. Ganz allein.

Nicht zum ersten Mal beantwortet er die schäbigen Anschläge seiner Feinde mit dem Lachen eines freien Mannes.

Jetzt erinnert er sich daran: drei Tage lang drehten sich sechs Polizeibeamte mit gewaltigen Schnauzbärten um seine Wohnung herum, fragten Concierge und Nachbarn aus, spielten mit halben Worten auf die bevorstehende Verhaftung an ... Wenn er geflüchtet wäre, welch großartigen Schuldbeweis hätte er gegen sich selber geliefert!

Viel hatte sich in den letzten drei oder vier Tagen vor dem 1. April ereignet. Die Verrätereien begannen. Es gab ganz prachtvolle darunter. Zum Beispiel der talentlose Dichter, mit dem er seit fünfzehn Jahren befreundet war, den er unterstützte und protegierte und der nicht einmal die Verhaftung abgewartet hatte, um hinzugehen und Galmots Feinde anzubetteln. Ein Erpresser mehr, doch unter den Journalisten werden sich schon Leute finden, die ihn entlarven. Wo mag er inzwischen gestrandet sein?

Aber Galmot will weder an ihn denken noch an die Journalisten, anrüchige oder unbekannte, die ihm alle möglichen kleinen Kuhhändel vorschlugen – gegen Zahlung von Beträgen zwischen 300 000 Francs und hundert Sous.

Nein, so etwas vergißt Jean Galmot. Er ist jetzt frei. Nur ein paar kleine Dinge liegen ihm am Herzen. Zum Beispiel diese arme Frau, die Concierge eines Nachbarhauses, die ihm zwei Tage vor seiner Verhaftung einen so jammervollen Brief schrieb und der er dreihundert Francs zugesteckt hat, bevor er den Herren Polizisten folgte. Hoffentlich erfahren seine Feinde nichts davon. Sie würden ihn wegen Verschleuderung von Geldern anzeigen.

Und dieser Georges Anquetil, der ihn besuchen kam wie viele seiner Kollegen von der Presse und plötzlich ganz unerwartete Dinge sagte: «Sie haben doch sicherlich Dokumente, Beweise. Geben Sie mir das Zeug. Ich habe eine Zeitung und Geld ... Ich greife an!» Ein komischer Kerl, wahrscheinlich mehr wert als die anderen, trotz seiner schlechten Reputation.

Und alle, die ihn nicht im Stich ließen, die sich nicht scheuten, ihm freundschaftlich und vertrauensvoll zu schreiben: ein ehemaliger Gouverneur von Guayana, ein paar ausländische Finanzleute, zwei, drei Literaten und eine beträchtliche Anzahl von Landsleuten aus Guayana:

Ich mache mich wieder zur Stimme des Maroni-Comités, dem ich angehörte, als wir Ihnen zuriefen: Sursum corda! Aus den Prüfungen, die Ihnen so tückisch auferlegt werden, wird der Ruhm, den wir Ihnen 1919 voraussagten, nur umso strahlender hervorgehen. (2. April 1921.)

Bei meiner Rückkehr aus Guayana, als Sie auf dem Gipfel Ihrer Größe standen, konnte ich zögern, Sie aufzusuchen. Jetzt, da Sie durch eine unerhörte politische und geschäftliche Hetzkampagne angeschwärzt werden, darf ich nicht gleichgültig bleiben. (6. April 1921.)

Wenn Sie glauben, daß die bescheidene Hilfe eines alten Guayaners, der Kämpfe und Mühen im Urwald kennen gelernt hat, Ihnen nur im geringsten nützlich sein könnte, sagen Sie es mir! Ich wäre überglücklich, wenn ich etwas für Sie tun könnte. (6. April 1921.)

Sie schreiben, wie sie sprechen, ihr naives Pathos rührt ihn tief.

Schließlich muß man ihm doch Schreibmaterial geben, ihm die Besuche seiner Freunde und seines Anwalts gestatten. Wie unglaublich stark dieser Kranke ist, der sich kaum auf den Beinen hält, dessen Augen im Fieber glänzen. Er wartet auf seine Richter.

«Ich bin wie ein wilder Vogel im Käfig. Manchmal balle ich ein bißchen die Klauen ... Aber das dauert nicht lange. Jetzt warte ich darauf, daß sich der Käfig öffnet», schreibt er am 16. April einem treuen Freund. – «Heute hat man mir erlaubt, auszugehen. Ich bin ein wenig berauscht zurückgekommen. Aber jetzt sind die Schleier, die meinen Kerker füllen, noch schwärzer, und die unsichtbare Gegenwart überwältigt mich. Auf dem Steinboden die Spuren von Menschen, die vor mir hier gelitten haben, und über die zitternden Wände geistern die gequälten Züge der Gefangenen. Es gibt auch fahle, kalte Stimmen, die sich nachts erheben ... Vielleicht werden wir einmal zusammen die schöne Reise machen, die ich 1905 begann, an die ich mit schmerzlicher Sehnsucht denke. Was bedeutet die gegenwärtige Quälerei, das Geschrei, der ganze jämmerliche Aufruhr, da dort doch das Licht, das Leben, der Traum locken? Und diese schönen, reinen, stolzen Menschen . . .», schreibt er am 24. April einem anderen Freund.

Das sind die Worte eines freien Mannes. Viel freier in seinem dunklen Kerker als sämtliche Politiker, Finanzleute, einstigen Minister, Staatsanwälte, Journalisten, Prokuristen, talentlosen Dichter und dicken Kaufleute, die das Land regieren.

Doch er hat Krallen, dieser Galmot. Er ergibt sich nicht. Die Briefe an seine Freunde werden aus dem Gefängnis hinausgeschmuggelt. Er zählt die Tage. Auf Grund seiner immerwährenden Reklamationen und der Proteste seines Verteidigers hat man drei Wochen nach seiner Verhaftung doch endlich das Loch verstopfen und ihm eine Matratze geben müssen.

Keine Erniedrigung bleibt ihm erspart. Auf Verlangen des gerichtlich bestellten Liquidators wird er in sein Büro auf den Champs Elysées gebracht. Die beiden Polizisten, zwischen denen er geht, schämen sich, ihm Handschellen anzulegen, wie es ihnen befohlen wurde. Der Mann ist krank, er steigt aus dem Taxi, er hat ja nur das Trottoir zu überqueren. Aber die Reporter, die Photographen sind da, die Menge erkennt ihn . . . Man legt ihm doch Handschellen an.

Jean Galmot fühlt sich stark, stark, stark. Stark wie nie. Er läßt sich nicht gehen. Er bereitet seine Verteidigung vor. Er informiert seinen Advokaten. Man überläßt ihm keinerlei Akten. Dem Untersuchungsrichter, der ihm vorwirft, daß er, Galmot, «noch keiner Anklage eine fundierte Rechtfertigung entgegenzusetzen wußte», antwortet er:

«Von einem wahren Chaos von Zahlen überwältigt, ohne jede Informationsmöglichkeit, von meinen Mitarbeitern getrennt, die allein den Stand meiner Lager und meiner Buchhaltung kennen, muß ich meinen Anklägern, die gestern noch meine Partner waren, die nicht nur über ihre Freiheit, sondern über sämtliche Unterlagen verfügen, einzig nach meiner Erinnerung antworten. Hätte der Himmel mir sogar ein übermenschliches Gedächtnis verliehen, um mich durch dieses Labyrinth von Ziffern und Daten, die hunderte Einzeloperationen betreffen, zu geleiten, könnte ich trotzdem nicht über Abrechnungen und Transaktionen Auskunft geben, die in meiner Abwesenheit und ohne mein Wissen von Angestellten, zu denen ich keine Verbindung habe, gemacht wurden.»

Trotz der Festigkeit, mit der er sich verteidigt,

läßt man der Presse lange, tendenziös gefärbte Berichte zukommen. (Ein paar Monate später werden die Affäre Vilgrain, die Strafuntersuchung gegen die *Banque industrielle de Chine* nur mit ganz wenigen diskreten Zeilen gestreift.) Galmot weiß, daß man ihn und vor allem seine Firma ruinieren will. Doch er verliert den Mut nicht und versäumt keine Gelegenheit, aufs heftigste zu protestieren.

Das erste Gesuch um einstweilige Haftentlassung erfolgt am 25. April 1921. Es wird erst nach neun Monaten bewilligt. Einen Teil davon verbringt er in einer Privatklinik, wohin man ihn schließlich doch bringen mußte.

«Eine scheinbar einfache Angelegenheit, die Überführung dieses schwerkranken Mannes, dieses großen, edlen Franzosen in eine Privatklinik!» rief später Maître Henri-Robert in seinem Plädoyer aus. «Sie werden nie erfahren, welche Hindernisse die Verteidigung zu überwinden hatte, um das zu erreichen, und welchen – ich sage nicht Hinterhalten, denn ich will nur präzise Ausdrücke gebrauchen, aber welchen Schwierigkeiten sie auf ihrem Weg begegnet ist.»

Trotz strengster Siebung gelingt es nicht, gewisse Dinge geheimzuhalten. «Wir sind alle nur provisorisch auf freiem Fuß. Wir leben in einer Zeit und einem Land, wo auch der Unschuldigste nicht sicher sein kann, ob er die nächste Nacht nicht im Gefängnis verbringen wird.» So beginnt ein Leitartikel des *Petit Bleu,* der die Empörung der öffentlichen Meinung widerspiegelt.

Doch was bedeutet das alles? Im Grunde nichts.

Nach zwanzig Tagen Haft gestattet man Galmot ein paar Bücher. Etwas später bekommt er Schreibmaterial. Er schreibt dem Untersuchungsrichter, dem Staatsanwalt, dem Justizminister, dem Präsidenten der Deputiertenkammer, dem Regierungspräsidenten, dem Präsidenten der Republik.

Doch das alles liegt in der Vergangenheit. Galmot, das sagte ich schon, ist stets der Zukunft zugewandt. Jetzt schreibt er etwas anderes.

Er vollendet das Buch *Ein Toter lebte unter uns*. Und er skizziert den ersten Entwurf zu dem geheimnisvollen, gefährlichen Buch *Das doppelte Dasein,* dessen Spur man nie wiedergefunden hat.

Der Wald, die freie Atemluft, das Leben in

seiner ganzen Wildheit, Liebe und Tod – all das erfüllt seinen Kerker. Denn man darf eines nicht vergessen: Jean Galmot ist ein Dichter, ein Schriftsteller ersten Ranges. Man zögert vielleicht zwischen *Eine seltsame Geschichte* und *Ein Toter lebte unter uns.* Beides sind Bücher von großartiger Dichtigkeit, gewaltige Prosagedichte, die zeigen, welch große Rolle die geheimnisvolle Welt der Träume, der Liebe und der okkulten Initiation im Leben Galmots gespielt hat.

Es wäre mir ein leichtes, lobende Zeitungsbesprechungen von Paul Souday, Abel Hermant, Jean-Jacques Brousson und vielen anderen zu zitieren. *Eine seltsame Geschichte* wurde von der Kritik wie eine Offenbarung begrüßt. *Ein Toter lebte unter uns*, das erschien, während Galmot noch unter dem Druck schwerer Anklagen stand, fand, was ja zu erwarten war, eine weniger herzliche Aufnahme. Immerhin darf man an das Bonmot von Lucien Descaves, dem literarischen Leiter des *Journal*, erinnern, der mitten in dieser Verschwörung des Schweigens seinen Kollegen schelmisch zurief: «Messieurs, jetzt, da Jean Galmot ruiniert ist, könnte man vielleicht von ihm sprechen?»

Die beiden üppigen, von lyrischer Schönheit

erfüllten Bücher sind von großer Eigenartigkeit; man denkt an einen französischen Stevenson oder Kipling. Doch als Schriftsteller ist Jean Galmot niemandem verschuldet. Er hat alles aus seinem eigenen Herzen und seinem abenteuerlichen Leben bezogen.

Ich hatte das Glück, eine Seite aus dem Vorwort zu *Das doppelte Dasein* zu finden. Sie lautet folgendermaßen:

Es ist nicht der Zweck meines Berichts, das Publikum zu belehren. Was kann man ihm noch mitteilen? Die Verbrechen des Geldes aufzeigen – das wäre Wahnsinn in einem Land, das von einer Finanzoligarchie beherrscht wird, die gleichermaßen alle ausführenden Kräfte, die Justiz, die Presse regiert.

Was kann man von einem gezähmten Volk erwarten? Sein Geist kennt keine andere Nahrung als die Zeitungen unserer Herren und Meister.

Ich schreibe dieses Buch für meinen Sohn, den ich zu lehren versuchte, Lüge und Gehorsam zu hassen. Ich schreibe auch für jene, die später einmal etwas von der Geschichte unserer verderbten Zeit erfahren möchten.

Die Tatsachen, von denen ich hier erzähle,

sind ohne Bedeutung. Es ist die Geschichte eines Verbrechens wie viele andere.

Ich wiederhole: das Manuskript dieses Buches, das Jean Galmot lange vor seinem Tod vollendete, wurde nie gefunden.

Ja, Jean Galmot hat immer noch seine Krallen.

Drei Gerichtsärzte haben eine schwere Darmverletzung festgestellt, die sein Leben gefährdet. Doch man entläßt ihn noch nicht aus seinem Kerker.

«Ich habe noch Kraft genug, um Ihnen mitzuteilen», schreibt er stolz an Justizminister Bonnevay, «daß ich von Ihrem Mitleid oder Ihrer Großmut nichts wissen will. Falls die Maßnahme, die Sie zu nehmen gedenken, eine Vergünstigung ist, will ich nichts davon wissen. Falls die Geste, die Sie zu machen gedenken, nur die geringste Dankbarkeit verdient, will ich nichts davon wissen. Seit ich mich in den Existenzkampf gestürzt habe, gab es in meinem Leben keinen Tag, an dem ich nicht gegen Männer Ihrer Partei und Ihrer Kaste gekämpft hätte. Diesen Haß habe ich von meinem Vater, vom Vater meines Vaters,

von mehr als zwanzig Ahnengenerationen geerbt, die sich gegen ihre Unterdrücker auflehnten. Die absolute Gewißheit um den Endsieg gab mir die Kraft, bis jetzt Widerstand zu leisten, und ich werde weiterhin Widerstand leisten, weil in einem Dorf des Perigord eine sehr alte, sehr arme Frau lebt, die zu jeder Stunde des Tages für ihren Sohn betet, weil meine Frau und mein Sohn und tausende Arbeitsgefährten mir vertrauen und mich mit ihrer heißen Liebe aufrecht erhalten. Um ihretwillen, um all jener willen, die ich liebe, um meiner selbst willen, um meiner Vergangenheit willen, in der es kein Nachlassen, keinen Tag ohne Müh und Plage gab, habe ich nicht das Recht, eine Vergünstigung von Ihnen anzunehmen.»

Im Leben dieses Mannes haben einige Frauen gelächelt.

Seither sind viele Jahre vergangen.

Man hat ihm endlich gestattet, eine Privatklinik aufzusuchen, stets von seinen beiden Polizisten begleitet (die er aus eigener Tasche bezahlt). Doch kraft seiner sonderbaren Verführungsmacht hat Galmot sie gezähmt. Wenn man ihn in seinem Sanatorium, Rue Ribéra, besucht, sieht man seine beiden Leibwächter eifrig um ihn bemüht. Der eine tippt auf der Maschine das Manuskript von *Ein Toter lebte unter uns* ab, während der andere Holz holen geht. Abends erzählt Galmot ihnen seine Erinnerungen aus dem Urwald, als wären sie Kinder.

Eines Tages trifft eine Schwester Galmots, eine ehemalige Nonne ein. Sie hat ihre Provinz verlassen, um den großen Bruder zu pflegen, sich um seine Hemden und Socken zu kümmern. Sie begegnet einer Besucherin, die sich demütig vor ihr verneigt. Und Jean vertraut ihr an, daß diese – nun, nennen wir sie Jeanne-Marie – eine Frau, die er einst liebte, jetzt gekommen ist, um ihm das bißchen Schmuck, das er ihr damals schenkte, anzubieten.

Galmot versinkt in Erinnerungen.

Jeanne-Marie . . .

Eine kleine Zeitungsverkäuferin. Wenn er von Guayana zurückkam, ging er immer an ihrem Kiosk vorbei, um ein bißchen zu schwatzen. Einmal hatte er an sie gedacht und ihr von drüben etwas mitgebracht: ein paar Reiherfedern und einen vertrockneten Kolibri. Doch Jeanne-Marie war verschwunden.

Galmot liebte es, sich in der Menge zu verlieren, und eines Abends begegnete er ihr zufällig auf der *Foire du Trône* wieder. Sie war die Geliebte eines Ringkämpfers, und ein reicher Automobilfabrikant protegierte sie. Man lebt nicht ungestraft jahrelang mit Zuchthäuslern zusammen. Galmots Horoskop hat es uns verraten: «Neigung zur Bohème und zu Menschen von ursprünglicher Wesensart». Vielleicht erinnerte ihn Jeanne-Marie an Nizza, an die *Redoute rouge*, deren Gestalten sie glich. Seither war es für den reichen Herrn, den Deputierten, den überarbeiteten Unternehmer, aber auch für den Mann, dessen Herz stets fürs Volk schlug, eine große Erholung und Entspannung, von Zeit zu Zeit zu dem Schaustellerwagen zurückzukehren und mit der schönen Jeanne-Marie und ihrem freundschaftlich lachenden Ringkämpfer zu Abend zu essen: rasch, im Stehen, ein Stück Fleisch mit Salz, ein Glas Wein . . .

Und diese Frau hatte ihn nicht verraten, wie so viele Freunde. Seine Schwester neigte den Kopf unter dem schwarzen Nonnenschleier und schluckte ein paar Tränen hinunter.

Zweites Gesuch um einstweilige Freilassung am 10. Oktober 1921. Drittes Gesuch Ende Dezember. Alle Leute, die Sachverständigen, die Konkursverwalter, bestehen darauf; ohne Jean Galmot wird man nie imstande sein, die Dinge zu entwirren.

Der Untersuchungsrichter gibt endlich nach. Die Firma Jean Galmot treibt seit zehn Monaten führerlos dahin. Bisher hatte man die Anwesenheit des Chefs für unnötig gehalten. Nun, da er ruiniert ist, läßt man ihn frei, um dem Konkursverwalter zu helfen.

Doch nur gegen eine Kaution von 150 000 Francs.

Er besitzt nichts mehr. Es dauert einige Tage, bis die Freunde, die ihm treu geblieben sind, den Betrag zusammenbringen.

EIN MENSCH WIRD GEHETZT

Anfang 1922 wird Jean Galmot nach neun Monaten Haft provisorisch auf freien Fuß gesetzt. Sofort stürzen sich die Reporter auf ihn, er muß Interviews geben. «Meine Pläne? Ein paar Tage in Perigord, in meiner Familie verbringen, die unschuldig so viel zu erdulden hatte, und mich dann voll und ganz einerseits den geschäftlichen Fragen, andererseits den Interessen meiner Wählerschaft widmen.»

Das schwarze Perigord. Er denkt ständig daran. In Augenblicken der Herzensnot oder der Erlösung kehrt er stets dorthin zurück. Sogar im Gefängnis entsinnt er sich zärtlich der steilen Hänge, der feuchtduftenden Wälder. Und er schreibt in sein Notizbuch:

Nächstes Jahr ziehe ich zur Eroberung der Pilze aus. Das ist ein großartiger Sport. Er übt Blick und Muskeln, Beobachtungsgabe, Reaktionsfähigkeit und Schlauheit, den Spieltrieb und den dunklen Drang zu Raubzügen ... Die jungen Kaiserpilze mit ihrem roten Hütchen, das noch vom weißen Schleier verhüllt ist ... Der Kaiserpilz ist ein Aristokrat.

Er ist wohlschmeckend, zart, köstlich – der Ortolan unter den Pilzen. In den Forsten meines schwarzen Perigord gibt es für das grobschlächtige Volk «meiner» Wälder nur plumpe, schwerfällige Steinpilze, schwärzer als Trüffel – und oft nur klägliche Morcheln. Die Kaiserpilze machen sich auf einem Bett aus Farnkraut breit. Die Köchin betastet sie behutsam, wie überreife Pfirsiche.

War er in seinem Kerker nicht freier als jetzt, da man ihn hinausläßt und er nicht mehr von zwei Polizeiinspektoren flankiert ist?

Er dachte, die Entlassung aus dem Gefängnis würde den Anfang seiner völligen Befreiung bedeuten. Doch erst jetzt wird er von einer ganzen Meute gehetzt, von Leuten, die sich um ihn drängen, ohne daß er den Grund begreift. «Ich bin aus Paris geflohen, weil ich am Ende meiner Kräfte war – und vielleicht auch angewidert von diesem Ansturm alter und neuer Freunde», schreibt er an einen, der ihn nicht vergessen hatte, als er in der Santé saß. Jetzt bringen auch die Zeitungen charakteristische Anekdoten über ihn, wie etwa die folgende:

Vor zweieinhalb Jahren empfing Jean Galmot den Besuch eines Journalisten mit gut pariserischem Namen. Nennen wir ihn Jacob.

Nach dem Interview will unser Mann sich empfehlen, als Jean Galmot, der seinem Blick gefolgt ist, sagt: «Sie bewundern mein Goldklümpchen? Das habe ich aus Guayana mitgebracht.»

«Ein prachtvolles Stück!»

«Gefällt's Ihnen? Bitte nehmen Sie es. Aber seien Sie auch nett, wenn Sie über mich schreiben, ja?»

Jacob zieht mit seinem Gold ab, doch als Galmot später ins Unglück geriet, vergaß er, «nett» über ihn zu schreiben.

Als nun der Ex-Deputierte von Guayana kürzlich freigelassen wurde, schickt Jacob ihm wieder seine Karte hinein.

Sie wird ihm prompt zurückgebracht. Galmot hat ein paar Worte darauf gekritzelt: «Tut mir aufrichtig leid, mein Lieber, aber ich habe keine Goldkörner mehr.»

Galmot findet das widersinnige, verworrene Paris wieder, das er einst zu bändigen gedachte und das sich grausam gerächt hat. Ein paar Tage ausruhen bei seiner Familie im Perigord, dann muß er wieder ins Feuer zurück. Man sieht wenig von ihm. Er arbeitet. Jetzt kann er dem Konkursverwalter viel wirksamer helfen als von der Santé aus. Er wehrt sich tapfer, doch er vermag den Bankrott nicht aufzuhalten.

Die langen Monate, die man ihn von seiner Firma fernhielt, haben den Riß erschreckend erweitert.

In der großen Rede, die Barthe am 14. November 1922 in der Deputiertenkammer hielt und in der er mit flammendem Eifer die von der Regierung des *Bloc National* vertuschten Finanzskandale anprangerte, berührte er auch den Fall Galmot und traf ins Schwarze: «Da ist auch noch die Affäre Galmot. Sie erinnern sich, man brauchte nur ein paar Stunden, um ein Gutachten aufzustellen, und ließ nach dem Beschluß der Kammer nicht einmal vierundzwanzig Stunden vergehen, bevor man Galmot verhaftete. Ich fürchte, in diesem Moment ging es darum, ein paar Banken zu retten und viel schlimmere Dinge zu vertuschen. Jedenfalls, eins ist sicher: es wurde eine Untersuchung eingeleitet. Und Galmot? Er ist auf freien Fuß gesetzt. Man redet nicht mehr davon. Man tut nichts. Man beendet den Prozeß nicht. Es ist eine rein kaufmännische Sache. Nach vierundzwanzig Stunden hatte man die Beweise in der Hand. Seit anderthalb Jahren rühren sich die Kläger nicht mehr, und die großen Macher in den Kulissen reiben sich die Hände. Man kann das Verfahren nicht abschließen!»

Ja wirklich, was ist aus den Klägern geworden?

Zitieren wir nochmals das *Journal officiel*. Bei der zweiten Sitzung des Senats am 26. Dezember 1921 (drei Wochen vor der einstweiligen Freilassung Galmots) fragt Gaudin de Villaine, warum so viele Skandale unterdrückt wurden: «Seit einiger Zeit sehen wir einen nach dem anderen auftauchen, und immer gibt es politische Einflüsse, die der Justiz in die Arme fallen: die Sache mit dem geschwefelten Most, die Rum-Affäre*, die

* Nach den Erklärungen Galmots sind durch die Rum-Affäre vornehmlich die Parlamentarier kompromittiert, die für den ominösen Beschlagnahmungserlaß verantwortlich waren.

Skandale um Vilgrain, Thévenot, Lièvre, Salmson, Chiris, Lafly, etc.; der Warenhausskandal, der Getreideskandal, der Wechselskandal, etc. Warum läßt man den vielfachen, begründeten Klagen zum Trotz die Direktoren der *Banque industrielle de Chine* und der *Société des Banques de Province*, die für viele Millionen haftbar sind, auf freiem Fuß? Noch schlimmer! Man beläßt sie in ihren Stellungen, wo sie an der Gesetzgebung und Verwaltung der Republik Anteil haben!»

Das Publikum ist einen Augenblick lang durch die Verhaftung Galmots befriedigt, den man als einen Schieber ersten Ranges hinstellt und über den man während seiner Haft die grausigsten Gerüchte verbreitet (man sprach damals an befugter Stelle sogar von einem «Geheimdossier», das an das sinistre Geheimdossier der Dreyfus-Affäre erinnert), doch bald beginnt es zu merken, daß man es zum besten gehalten hat.

Es gab drei Serien von Klagen gegen die *Société des Banques de Province*, die erste davon im August 1921, kurze Zeit nach der Verhaftung Galmots. Bezeichnend ist, daß der Großteil dieser Klagen von 350 Bankaktionären erstattet werden, die einen Initiativausschuß und einen Verteidigungsausschuß gründeten und ihre Interessen durch Pierre Laval vertreten ließen; die Verhaftung Galmots wurde von niemandem heftiger angefeindet als von dieser Vereinigung seiner eigenen Gläubiger, die einstimmig beschlossen hatten, ihm ihr Vertrauen zu bewahren.

Man erinnert sich vielleicht der Kampagne, die in Gang gesetzt wurde, damit die Regierung der *Société des Banques de Province* und der *Banque industrielle de Chine* zu Hilfe käme. Man forderte damals Hunderte von Millionen mit der Begründung, es läge «nicht im Interesse der Nation, Organisationen fallen zu lassen, die Tausenden französischen Familien ihren Lebensunterhalt sichern und zum Wohlstand des Landes beitragen, während gleichzeitig ihre ausländischen Niederlassungen so etwas wie französische Propagandastellen bilden». Zufällig gelten diese Gründe in noch weit höherem Maß für die Firma Galmot als für die beiden betreffenden Banken. Doch Jean Galmot war eben nur ein Pflanzer, ein Produzent, ein einfacher *colonial*, wie er sich selbst voller Stolz zu nennen pflegte, wohingegen Banken, die an der Börse spekulieren, etwas ganz anderes sind.

Doch die ganze Sache hat eine Pointe, die man nicht ohne Lachen erwähnen kann, so typisch ist sie für die Unordnung (um keinen schlimmeren Ausdruck zu gebrauchen), die hier herrscht: während Jean Galmot (im Gefängnis) von seinen Kassabüchern, seiner Buchhaltung, seinen Akten ferngehalten wird und nichtsdestoweniger dem Untersuchungsrichter Auskunft über Tausende von Einzelheiten geben soll, hat sich die *Société des Banques de Province* zur Kontrollstelle der Liquidation ernennen lassen und hält unter diesem Titel die Akten, die Buchhaltung und die Kassabücher Jean Galmots in der Hand!

Der Riß erweitert sich von Tag zu Tag. Wie gesagt, hatte das Handelsgericht Seine im März 1921 Jean Galmot die Nachlaßstundung gewährt. Im Laufe der vorangegangenen Monate war Rosenholzessenz von 265 Francs auf 60 Francs pro Kilo gefallen, Edelhölzer, deren Selbstkostenpreis 1100 Francs die Tonne betrug, konnten nur um 300 Francs verkauft werden, usw. Demnach besaß Galmot ein Warenlager, das mit etwa 16 Millionen zu Buch stand, dessen Verkaufswert aber nur ein Drittel dieser Summe darstellte. Die Nachlaßstundung war Galmot nur im Hinblick darauf gewährt worden, daß es ihm durch die *persönliche* Führung der Firma und ihrer Niederlassungen möglich sein würde, in den nächsten Rechnungsjahren einen Jahresgewinn von mindestens 9 Millionen Francs herauszuwirtschaften, wodurch er in der Lage wäre, im Verlauf von fünf Jahren alle Gläubiger zu entschädigen.

Die *Société des Banques de Province* setzt sich über diese Tatsache hinweg, indem sie Klage erhebt; sie selber wird das erste Opfer von Galmots Verhaftung sein, aber was tut's! Man will dem Mann an den Kragen. Pech für die Aktionäre.

Das Vertrauen der Leute, die mit Galmot gearbeitet hatten, war aber so groß, daß es zu der folgenden paradoxen Situation kam, wie sie aus dem Brief eines der größten Rumhändler von Guadeloupe hervorgeht:

Als wir im Januar 1922 von der Haftentlassung M. Galmots hörten, wandten wir uns an ihn, um ihm wie bisher die Erzeugnisse unserer Kolonie an Hand zu geben. Wir haben nur zu ihm persönlich Vertrauen. Unter anderen Geschäften, die infolge M. Galmots Handlungsunfähigkeit mit seinen früheren Konkurrenten abgeschlossen werden mußten, haben wir allein für die Saison Ende 1922 bis März 1923 . . . (Hier folgt eine detaillierte Aufstellung der Schiffsladungen, die insgesamt 9 550 000 Liter Rum ergeben). Daraus geht hervor, daß wir M. Galmot einen sehr bedeutenden Teil unserer Produktion an Hand gaben, mit einer Gewinnspanne, die ihm für diese Ernte allein einen Profit von neun bis zehn Millionen sicherte. Wir hoffen, daß die Aktionäre der klägerischen Banken eines Tages erfahren werden, in welch widersinnige Lage man sie bringt und daß sie ihre Bevollmächtigten zwingen werden, den Beistand anzunehmen, den wir M. Galmot auch weiterhin ständig zu leisten beabsichtigen, um ihm aus seiner schwierigen Lage herauszuhelfen.

Aber nein. Das wäre gar zu einfach. Jean Galmot ist ein Schuldner, der in alle Ewigkeit ein Schuldner bleiben soll. Aus heiterem Himmel fordert der Staat von ihm 23 Millionen Steuer auf seine Kriegsgewinne!

Er liegt auf dem Boden und soll nur liegen bleiben. Erst einmal zahlen!

Er ist also frei, aber ein gehetzter Mensch. Es ist der Zusammenbruch, das Chaos. Angestellte verschwinden. Alles geht in Scherben.

Noch aus dem Gefängnis hatte er dem gerichtlichen Liquidationsverwalter geschrieben:

Bedenken Sie bitte auch, daß jeder Versuch meinerseits, ein Unternehmen, das einem mächtigen Konsortium ein Dorn im Auge ist, zu retten, nur die Wirkung hätte, meine Situation unverzüglich zu verschlechtern.

Er war gezwungen, seine Kautschukfabrik für fünf Prozent ihres Wertes abzutreten und seine Goldraffinerie zu den Bedingungen zu liquidieren, die ihm der französische Goldtrust auferlegte. Alles mußte liquidiert, zwangsversteigert, unter den ungünstigsten Bedingungen abgestoßen werden, die Maschinen als Alteisen, die Büroeinrichtung zu Trödlerpreisen.

Nur ein Wunder hätte ihn aus diesem systematisch organisierten Zusammenbruch retten können. Ach, wäre er früher freigelassen worden! Eines Tages wird er von der *Compagnie des Chemins de fer du Midi* vor das Handelsgericht Carcassonne vorgeladen: er soll Auskunft über Waggons geben, die ihm gehören und schon seit Monaten unbenützt in Eisenbahndepots herumstehen. «Ich erinnere mich, im Jahr 1918 Güterwagen im Wert von anderthalb Millionen Francs gekauft zu haben», erklärt er. Ein andermal stellt Jean Lérat, ein Agent in Le Havre, fest, daß eine bedeutende Ladung Rum (ungefähr 1500 Faß, was einem Einkaufspreis von 2 200 000 Francs entspricht) im Hafen verkommt; die Fässer sind ohne Sorgfalt gelagert und ihr Inhalt durch Ausfließen und Hitze zum Teil verdorben. Jean Galmot saß im Gefängnis, und der Konkursverwalter fand sich nicht zurecht. Jean Galmot schreibt:

Nicht nur in Le Havre, auch in Nantes, in Saint-Nazaire, in Bordeaux, in Marseille, in Dünkirchen müßte nachgeforscht werden. Vielleicht können wir hoffen, daß wir dank anderen glücklichen Zufällen nach und nach noch verschiedene andere Waren oder Materialien ausfindig machen, wie sie ja in vielen Häfen von Frankreich und den Kolonien lagerten. Es ist nur zu befürchten, daß die Suche zu spät erfolgt, nämlich wenn diese Aktivposten ihren Wert verloren haben werden.

Kaum ist er auf freiem Fuß, stürzt er sich in die Arbeit, doch er besitzt nicht mehr das prächtige Handwerkszeug, das er sich geschmiedet hatte. Seine Firma ist zusammengebrochen, und außerdem ist er arm. Er hat gar nichts mehr, nicht einmal sein Abgeordnetengehalt.

Man hat wahrhaftig alles getan, um ihn hilflos zu machen, zur Verzweiflung zu treiben. Im Gefängnis wurde seine Korrespondenz überwacht. Er durfte nicht einmal Briefe empfangen, die den Briefkopf der Deputiertenkammer und den Amtsstempel trugen. Sein Deputiertengehalt würde die Sanatoriumskosten decken; doch man behält es gänzlich ein, und diese noch nie dagewesene Beschlagnahmung (in solchen Fällen ist es Usus, ein Fünftel der Summe einzubehalten) erfolgt im Namen der berühmten 23 Millionen Steuerschulden, die der Staat plötzlich von ihm fordert; völlig unrechtmäßig, denn dieser Betrag ist zum größten Teil aus dem Gewinn errechnet, den die Rum-Affäre Galmot eingetragen haben soll, die gleiche Rum-Affäre, die für ihn schließlich einen glatten Verlust von anderthalb Millionen bedeutet!

Es gelingt ihm auch später nicht, die Rückerstattung der einbehaltenen Gelder und die Auszahlung seines Gehalts durchzusetzen.

Herr Minister, gestatten Sie mir, Ihnen in Erinnerung zu rufen, daß ich völlig mittellos bin, nachdem ich meinen gesamten Besitz meinen Gläubigern, und zwar in erster Linie dem Staat als bevorrechtigtem Gläubiger, überlassen habe. Um nicht mein Mandat niederlegen zu müssen, das mir von einer Bevölkerung, deren Treue mich aufrecht erhält, anvertraut wurde, war ich genötigt, einen Posten in einer Handelsfirma anzunehmen, der meine ganze Zeit in Anspruch nimmt. Solange mir meine Diäten nicht wieder ausbezahlt werden, bin ich nicht in der Lage, ihn aufzugeben, um mich meiner Verteidigung zu widmen und meine Pflichten als Abgeordneter zu erfüllen.

Dies schreibt er am 14. Mai 1923. Man möchte meinen, daß er aus dem letzten Loch pfeift. Aber sagt er die Wahrheit? Die ganze Wahrheit?

Seine Mutter lebt noch im Perigord, und er zahlt ihr weiterhin eine Monatsrente von dreihundert Francs aus. Diese Pflicht hat er nie versäumt. Aber wird er sie diesen Monat noch erfüllen können? Und nächsten Monat?

Er arbeitet. Er arbeitet.

Er ist nur noch einer aus der großen Masse, ein Mensch wie jeder andere. Er plagt sich.

Endlich der Prozeß.

Er beginnt am 17. Dezember 1923.

Jean Galmot wartet seit einundzwanzig Monaten darauf. Seit einundzwanzig Monaten steht er unter Anklage.

Vor Beginn des Prozesses sind noch zwei kleine Vorfälle zu verzeichnen: die *Société des Banques de Province* zieht ihre Klage am 28. November zurück. August Ravaud tut das gleiche am 12. Dezember. Damit bescheinigen die beiden Hauptkläger Jean Galmots Unschuld.

Der Prozeß wird ihm einigen Stoff zum Nachdenken liefern. Sein Verteidiger, Maître Henri-Robert, ist nicht der einzige, der ihm Ruhmeskränze flicht. Der Staatsanwaltsvertreter Frémicourt, einer der angesehensten und integersten Justizbeamten, spricht ganz unerwarteterweise mit Sympathie und Bewunderung von Galmot. Er schildert ihn als einen überaus klugen, arbeitsamen, weitdenkenden Kaufmann und als Denker und Dichter von großen Gaben. Er erinnert an die wertvollen Dienste, die Galmot Frankreich geleistet hat, und an seine Rolle in Guayana. Er zitiert sogar die Rum-Affäre, um die so viel Tinte geflossen ist, zum Lobe des Angeklagten. Er bedauert, daß Jean Galmot sich «kaufmännische Fahrlässigkeit» zu Schulden kommen ließ, entschuldigt ihn aber mit seiner guten Absicht, die Krise zu überwinden. Er ruft alle, die Galmots Ehrenhaftigkeit kennengelernt haben, zu Zeugen auf und schließt mit der Bitte, ihm soweit wie möglich mildernde Umstände zuzubilligen. Er deutet sogar die Möglichkeit eines Freispruchs an.

Das eindrucksvolle, klare Plädoyer von Maître Henri-Robert endet mit dem Satz: «Man hielt Sie für schutzlos und hilflos, aber Sie besitzen noch genug Freunde, um wieder Ihren hervorragenden Platz in der Geschäftswelt und der Politik einnehmen zu können, wie auch der Herr Staatsanwalt es soeben wünschte, und aufs neue einer der führenden Männer des Landes zu werden.»

Dieser Prozeß . . .

Über fünfzig Guayaner waren aus allen Winkeln von Paris herbeigeeilt, um ihrem Abgeordneten beizustehen. Man zeigte einander einen, der aus der fernen Heimat gekommen war, der nicht gezögert hatte, achttausend Kilometer zurückzulegen, um seine Aussage zugunsten des Angeklagten zu machen.

Das Urteil konnte nur auf einen Freispruch hinauslaufen, davon waren alle überzeugt.

Was herauskam, war ein Kompromiß. Ein Jahr Gefängnis bedingt, 10 000 Francs Buße, fünf Jahre Aufhebung der bürgerlichen Ehrenrechte.

Man braucht nur ein wenig zu überlegen: wie hätte die Justiz, die Galmot neun Monate im Gefängnis gehalten, wie hätte die Regierung, die im Schutz der einundzwanzig Monate dauernden Voruntersuchung dieses Prozesses sämtliche anderen Skandale unter den Tisch gewischt hatte, wie hätten beide sich durch einen Freispruch in aller Öffentlichkeit lächerlich machen können?

WAHLEN IN GUAYANA

Es gibt eine Frau, eine alte Negerin im altmodischen Kleid, hinter einer alten Hütte am Wasser, die sich erinnert. Sie singt mit trauriger, drolliger Stimme:

Pomié foué avion améri deiré Gouvernement,
Pou ou té oué toute moune prend courri force
yété content . . .
Quante li ka pati pour placer dipi Maroni,
Li ka suive toute longue la rivière jusqu'à
Ininini.
Le moune ki pressé
Ti lé gain pi vite ye million,
Ye ka prend avion!

Das bedeutet so ungefähr:

Als das Flugzeug zum erstenmal hinterm
Gouvernement landete,
Wie sie da alle hinrannten, wie froh man da war!

Als er von Maroni Gold suchen fuhr,
Ging er schön geduldig den Fluß entlang, bis
Ininini.
Wer's eilig hat
Und die Million schneller verdienen will,
Braucht bloß das Flugzeug zu besteigen!

Es ist eine uralte Amme mit sanften Augen. Denkt sie bei ihrem Lied an die Wahlen?

Die Menschen dieses Landes sind voller Güte und Sanftmut. Ihr Leben verläuft in liebevoller Demut und Niedrigkeit, ihre Schwermut blitzt abends in den alten Tänzen und Gesängen auf. Sobald man sich im Busch nur ein wenig von den Häusern der Beamten entfernt, wo die Fackeln unter den Veranden knistern, wird die Hitze drückender, und die Nacht ist schwer von Murmeln und Geflüster.

Sie sind alle da, die Pflanzer, die Arbeiter, die Bauern, vor der Tür ihrer *carbets,* ihrer Hütten aus Laub und Pfählen, oder in der Stadt, wo sie langsam die Straßen entlang gehen und einander feierlich grüßen.

Kein Geschrei, kein Rummel. Dieses Volk ist ganz Gelassenheit, Sanftmut, natürliche Würde.

Aber was verbirgt sich hinter seiner Aufrichtigkeit?

Es ist wie in Harlem (New York), wie in Bahia (Brasilien), wie auf den Antillen: bei der Berührung mit den Weißen erschließen sich in seiner Seele weite Perspektiven . . . Aber kein Weißer kann einen Blick hineintun. Das große Geheimnis bleibt verborgen. Wenn eine tiefe Erschütterung kommt, wird es hervorbrechen . . .

Wie mag die dunkle Affäre Galmot, von der alle Zeitungen aus Paris und sogar aus Cayenne berichten, auf das Volk der Schwarzen Magie wirken? Diese komplizierte Affäre, von der sogar nur die wenigsten Pariser etwas begreifen?

Manche lesen Zeitung, und abends reden dann alle lange darüber, in verhüllten Ausdrücken und mit geheimnisvollen Zeichen.

Lange, lange, überlange Diskussionen, die mit einem Mal jäh in einen Zauberspruch übergehen, in einen halblauten Singsang, und die Füße geraten in rhythmische Bewegung und markieren, ohne sich vom Fleck zu rühren, die magischen Tänze.

Gedämpfte Anrufungen und Beschwörungen. Ein einziger, schriller Aufschrei. «Papa Galmot!»

Papa Galmot, ihr Idol, ihr Wohltäter, ihr Abgott. Ihm verdanken sie hohe Löhne, Gewinnbeteiligung, Arbeitergewerkschaften, er beschützt sie, er ist ihr großer Bruder und ihr Vater. Auf der Straße sieht man ihn mit den jungen Müttern plaudern; er hat immer Bonbons in der Tasche für die kleinen Kinder «seiner Kinder» und kennt sie alle beim Namen. Er ist gut und nachsichtig, spricht in freundschaftlichem Ton zu ihnen und gebraucht die großen Worte, für die sie schwärmen. Sie vergöttern ihn.

Galmot poté la liberté!
La Guayane ké délivré!
Galmot!

Ist das nicht – beinahe – ein feierlicher Hymnus?

Am 15. März 1921, damals, als man Klage gegen ihn erhob und er verhaftet werden sollte, schrieb Jean Galmot an Marcus Garvey aus Harlem, den Begründer der großen, allgemeinen Negerbewegung: «Die furchterregende Stimme des schwarzen Volkes, das sich mit einem einzigen Schwung erhebt, muß alle Völker erschüttern und ihnen die baldige Befreiung von 400 Millionen Schwarzen, der gewaltigsten menschlichen Macht verkünden. Ich bin mit Ihnen.»

Bei seiner Entlassung aus dem Gefängnis im Januar 1922 denkt er daran, die prompt herbeieilenden Reporter, die ihn interviewen, auf René Maran, den Träger des Prix Goncourt, aufmerksam zu machen: «Er ist Guayaner, väterlicherseits stammen alle seine Erbanlagen aus Cayenne. Seine ganze Familie lebt noch dort.»

Galmot selbst behauptet, kreolisches Blut in den Adern zu haben.

Natürlich ist Guayana das wahre Vaterland von «Papa Galmot».

Vielleicht hat man ihn darum in Paris ins Gefängnis gesteckt?

Ein Rätsel . . .

Galmot selbst hat auf der Tribüne der Deputiertenkammer erklärt: «Ich spürte, daß hinter den gegen mich gerichteten Angriffen eine geheimnisvolle Macht steckte, Machenschaften, deren Hintergründe ich nicht zu erkennen vermochte.»

Wie stellen sich die Kreolen, die leiblichen Söhne der großen Mysterien, diese geheimnisvolle Macht vor?

Es ist eigentlich sonderbar, daß in einer so aufklärungssüchtigen, so sehr dem Mysterium abgewandten Epoche wie der unseren, die wie keine andere mit Forschungsmethoden und Instrumenten ausgerüstet ist, um die Grenzen des Unbekannten tagtäglich weiter hinauszurücken und die Wissenschaft mit Riesenschritten voranzutreiben, es ist eigentlich sonderbar, sage ich, daß sich das Mysterium im täglichen Leben noch nie so wirksam gezeigt hat wie in dieser unserer Zeit.

Man spürt es überall, bis in die Tageszeitungen hinein, diesen Spiegeln des heutigen Daseins, die man eigens so anordnet und blank putzt, daß darin alles klar und folgerichtig erscheint; man entdeckt zwischen den Worten jeder Zeile, am Rande jeder Begebenheit eine Dosis Mysterium, die bewirkt, daß die einfachsten Vorfälle vielschichtig und dunkel erscheinen, als würden sie von okkulten Mächten gestaltet und gelenkt.

So hört man, ohne mit der Wimper zu zucken, den Leuten zu, die behaupten, die moderne Welt würde von einem geheimnisvollen Kollegium uralter weiser Männer regiert, die im tiefsten Indien tagen und unsere Schicksale bestimmen, oder von den sechs Weisen von Zion oder auch nur von einem kleinen Männchen in einem kleinen Büro in Paris, in London, in Berlin, in New York, einem kleinen Männchen mit leuchtenden Pupillen, einem gewaltigen Willen und einem Herzen, das nur aus Zahlen, Börsenkursen, Millionen, Milliarden, Dollars, Pfund, Gold, Aktien besteht, und das alles kauft, alles dirigiert, alles vermag. Niemand hat je diese gewaltigen Herren der Erde erblickt, weder diese noch jene, doch ihre Anwesenheit ist so offenkundig, daß man beinahe ihre Biographie schreiben könnte. Sie sind es, die alles machen, Krieg und Frieden, Revolutionen und Erdbeben, Epidemien und Schiffbrüche, Krise und Krach.

Sie sind unersättlich in ihrer Vitalität.

Vielleicht sind sie nur Larven, doch in allen Ländern der Welt gibt das Volk ihnen an allem die Schuld.

Und fürchtet sich vor ihnen.

In Guayana hält man sie für sehr lebendig und beschuldigt sie, sie hätten Guayana verwünscht, eine *piaye* über den Himmel von Guayana ausgespannt.

Und die Nächte werden lebendig . . .

Man ist auf der Hut vor bösen Zauberern. Es gilt, gegen diese üblen Mächte anzukämpfen, die die Welt unter sich aufteilen.

Man muß zum Gegenangriff schreiten, ihnen zuvorkommen, denn man kennt sie.

Man nennt sie bei Namen.

Gegenstoß.

Man kann lösen, was sie zusammenfügen, aufknüpfen, was sie verknoten, sie in ihrer eigenen Falle fangen.

Das *Wodu* beginnt.

Galmot ist der gute Geist.

Nacht. Hinter den Hütten, vor dem Backofen, in den Scheunen, auf den Lichtungen, an den geheiligten Stätten. Man schlachtet das Zicklein. Man verbrennt die Kräuter. Man bringt Wasser und Salz dar. Tänze. Beschwörungen. Einweihungen. Magische Gebärden und Gesänge. Man löst die Knoten. Man ordnet die Kieselsteine anders an. Alles was günstig ist . . .

Feinde gibt es genug. Da ist der Totengräber von Cayenne, Hilarion Laroze; Jean Clément, die verdammte Seele, und vielleicht auch Eustache. Dazu Bürgermeister Gober, der Stellvertreter der bösen Menschen im Mutterland.

Mortou tombou miyi! – «Zu mir, ihr Toten im Grabe!» Das ist ihr Ruf. Er wird ihnen in der Kehle stecken bleiben! Ein magisches Komplott ...

Paul Morand hat über diese schwarze Magie ein ganzes Buch geschrieben. Aber man muß in der *Ile magique* von W. B. Seabrook die Geschichte von Ti-Joseph du Colombier lesen, der in seiner Zuckerrohrplantage Tote arbeiten ließ. Sie waren «eine Schar von zerlumpten Geschöpfen, die ihm mit schleppenden Schritten und stumpfsinniger Miene wie Automaten folgten ... Sie standen mit starrem, leerem, erloschenem Blick da wie Lasttiere und antworteten nicht, wenn man sie nach ihrem Namen fragte». – Diese *Zombies* arbeiteten in der glühenden Sonne, ohne ein Wort, ohne eine Klage; doch als man ihnen eines Tages durch einen schrecklichen Irrtum *fouaces*, Pfannkuchen, zu essen gab, die Salz enthielten, merkten sie, daß sie tot waren, und flüchteten unter gräßlichem Geschrei zu ihren Gräbern. «Jeder zu dem seinen, und sie scharrten wie rasend Steine und Sand weg, um hineinzuschlüpfen. Doch bei der Berührung mit der Erde fielen sie hin, wie eben Tote, und waren nur noch verwesendes Aas.»

Dazu muß man sagen, daß der schlaue Ti-Joseph wenigstens seine Toten nicht zu den Wahlurnen schickte, um für die Mächte des Bösen zu stimmen!

Eugène Gober, der Bürgermeister von Cayenne, läuft dem schlimmen Ti-Joseph den Rang ab.

Ohne Zweifel ist er der Oberste der bösen Zauberer.

Zwei Kandidaten stellen sich zur Wahl. Zwei Gegner. Zwei einstige Freunde. Galmot und Lautier.

Galmot, den kennt jeder Mensch in Guayana. Aber wer ist Lautier?

Eugène Lautier, geboren in Montpellier. Von seiner südlichen Heimat her hat er sich die Pflege der schönen Sprache, eine leidenschaftliche Liebe zur Musik und den feinen Gaumen, der das Leibgedinge eines verfeinerten Geistes ist, bewahrt. Lautier zählt zu den Menschen, die auf den ersten Schluck den Jahrgang eines edlen Weines erkennen, aber auch zu jenen, die Vergil, Horaz und die pikantesten Verse von Catull auswendig können und Homer im Urtext nachlesen, um sich bei ihm mit Schimpfworten gegen ihre politischen Gegner einzudecken ... Im Lauf weniger Jahre hat er sich zum ersten politischen Kommentator des «Temps» aufgeschwungen. Es ist kein Geheimnis, daß Lautier heute, dank seiner Stellung auf diesem wichtigen Knotenpunkt, zu den Politikern der Dritten Republik gehört, welche die Hintergründe der Zeitgeschichte sowie die Staatsgeheimnisse und die Geheimnisse der Staatsmänner am besten kennen. Doch er mißbraucht dieses gefährliche Wissen nicht. Er ist voller Duldsamkeit gegenüber seinen Feinden, voller Liebenswürdigkeit gegen seine Freunde ...»

Diese ebenso präzise wie fein nüancierte Darstellung stammt von Léon Treich und ist in den *Nouvelles littéraires* in Paris erschienen.

Doch in Guayana ist es etwas anderes. Jeder Mensch kennt Galmot. Aber Lautier?

Vertauschte Rollen.

Jean Galmot ist der Kandidat, mit dem sich alle Parteien von Guayana verbunden haben, der «Gesandte Guayanas», den man als Triumphator gefeiert hat, «unser» Deputierter, der Mann, der jeden beim Vornamen kennt, der uns beschützt. In Paris hat man ihn einen Schwindler, einen Abenteurer, einen Lumpen, einen Wucherer geschimpft und ins Gefängnis gesteckt – hier ist er der gute Geist.

Und der böse Geist ist hier Eugène Lautier, der Helfershelfer der geheimnisvollen Männer, der Bundesgenosse der bösen Mächte, der Gesandte des Teufels, der große Gönner von Eugène Gober, diesem «dreckigen Neger», wie ihn seine schwarzen Landsleute nennen.

Und die *piayes* vermehren sich.

Offiziell wird es nur «Galmotisten» und «Lautieristen» geben.

Vergessen wir auch nicht, daß die Guayaner ihr Wahlrecht als etwas Heiliges ansehen, und daß die Worte Freiheit, Gleichheit und Brüderlichkeit für sie noch einen göttlichen Sinn haben.

Darum reagieren sie auch mit frenetischer Wut, als die Wahlergebnisse veröffentlicht werden. Die hat Eugène Gober zusammengehext!

Denn Lautier ist gewählt! Lautier ist gewählt!

Piaye, piaye,
Choc en retour,
Les maléfices et le mauvais oeil.
Ce que tu vois en songe, tu le songes en vie.
Les sucs noirs et l'enfant mort.
Griffe, main morte.

Das heißt:

Piaye, piaye,
Gegenstoß,
Hexerei und böser Blick.
Was du im Traum siehst, erträumst du im Leben.
Die schwarzen Säfte, das tote Kind.
Tote Hand, kralle.

Auf die Gefahr hin, sein Prestige zu verlieren, geht Jean Galmot nachts die vielen *piayes* beseitigen, die Eugène Lautier bedrohen. «Ich werde dem Präsidenten der Republik schreiben», verkündet Galmot seinen Anhängern, um sie zu beruhigen und zu beschwichtigen. Und er bringt Eugène Lautier persönlich an Bord des Dampfers, der ihn schleunigst aus diesem gefährlichen Land entführt. Eugène Lautier wird nie erfahren, in welch großer Gefahr er geschwebt hat. Vielleicht verdankt er seinem geschlagenen Gegner Leben oder Gesundheit oder Schlaf.

Hier beginnt für Jean Galmot eine Periode des Erlöschens, die ich nicht in all ihren Phasen schildern kann.

Da die Wahl Lautiers für rechtskräftig erklärt

wurde, will ich nicht die Schritte aufzählen, die Galmot unternahm, um seinen lieben Guayanern Genugtuung zu verschaffen, alle Proteste und Petitionen, mit deren Überreichung sie ihn beauftragten. Die Ereignisse liegen noch nicht lange zurück, man kann sie in den Zeitungen nachlesen. Es genügt zu sagen, daß seit diesen Wahlen, den «Totenwahlen», die ganze Kolonie in Gärung ist.

Bevor er Guayana verläßt, hat Jean Galmot den Schwur, den ich bereits erwähnte, mit seinem Blut unterzeichnet.

In Paris klopft er überall an verschlossene Türen. Man lacht nur über seine Einsprüche. Seine lange, gebeugte Gestalt taucht in den Ministerien auf, ohne daß man ihr viel Beachtung schenkt. Hat er sich «seinen Kindern» in Guayana gegenüber nicht allzu leichtfertig verpflichtet?

Es ist doch nicht möglich, daß ein Mensch wie Jean Galmot jemals gänzlich beiseite geschoben werden könnte, nicht wahr? Nein, das ist ausgeschlossen.

Aber was tut er? Wo ist er? Woran denkt er?

1924. 1925. 1926. 1927.

Er besitzt nichts mehr. Alles ist verkauft. Die

Wahlkampagne hat ihn alles Geld gekostet, das er mit Hilfe seiner engsten Freunde zusammenkratzen konnte. Er möchte gern noch einmal beginnen. Er sucht und sucht, aber er findet nichts und niemanden. Doch er vergißt nicht.

Manchmal ist er in der Dordogne, bei seiner Familie, doch meist hält er sich in Paris auf. Er macht Geschäfte, treibt alte Forderungen ein, verdient, verliert, verdient, hat aber nie genug Geld. Er hofft und wartet. Seine Stunde wird kommen. Er vergißt nicht den Treueschwur, den er Guayana geleistet hat.

Die Nachrichten von drüben sind katastrophal. Seine Anhänger werden verfolgt, die Freiheit unterdrückt, das Land gebrandschatzt.

1928. Neuwahlen.

Diesmal muß er es durchkämpfen, um jeden Preis. Er darf «seine Kinder» nicht im Stich lassen.

Er braucht einen Mann, der imstande wäre, seine Gegner mit ihren eigenen Waffen zu schlagen. Er denkt an diesen merkwürdigen Georges Anquetil, der sich während seiner Haft in der Santé so ritterlich gezeigt hat. Er erwägt das Für und das Wider. Anquetil ist entschlossen, tapfer, ehrgeizig, eine Kampfnatur, die vor keinem Skandal zurückschreckt. Er ist auch der Besitzer einer Zeitung, in der er alles zu schreiben und die Mächtigen anzugreifen wagt. Man weiß, daß er Geld und ernstzunehmende Kampfmittel besitzt. Er ist ein Professional des politischen Kampfes, der die schlimmsten Beschimpfungen mit größter Schlagfertigkeit erwidert. Ja, Jean Galmot wird ihn zu seinem Kandidaten machen.

Als ob es ihn warnen wollte, versetzt ihm das Schicksal in diesem Augenblick einen letzten Schlag. Galmot hat endlich einen Finanzmann gefunden, einen klugen, begeisterungsfähigen Mann, der sich bereit erklärt, ihm die notwendigen Mittel zum Wiederaufbau seiner Firma zur Verfügung zu stellen. Es handelt sich nicht darum, das Geschäft recht und schlecht wieder flottzumachen, sondern um eine regelrechte Teilnehmerschaft, die es ermöglichen wird, das Unternehmen auf eine ganz neue, viel umfassendere, viel fester gegründete Basis zu stellen. Galmot ist von neuer Hoffnung erfüllt. Er wird sein Leben noch einmal von Grund auf neu aufbauen. Wie sollte es ihm nicht gelingen? Seine Erfahrungen allein bilden ein großes Kapital. Er wird sich von der Politik zurückziehen, um sich ganz dem neuen Unternehmen, seiner Familie, dem Wohl seiner lieben Guayaner zu weihen. Er entwirft einen ganzen Wirtschaftsplan, um das Land reich zu machen . . . Doch seine großzügigen Ideen sollen nie verwirklicht werden. Der jähe Tod seines neuen Geldgebers und Partners, der im Taxi von einer Embolie ereilt wird, stellt alles aufs neue in Frage. Nun wird Galmot also Anquetil als Kandidaten für Guayana präsentieren und die Wahlkampagne für ihn führen.

Doch bevor er hinüberfährt, muß er sich von der Kugel befreien, die er am Fuß mit sich herumschleppt, von diesen 23 Millionen Steuerschulden, auf deren Bezahlung man unablässig drängt, so daß er sich nicht rühren kann, von dieser ehrenrührigen Zahl, die seine Gegner ihm ständig ins Gesicht schleudern, sobald er sich auf die Beine zu stellen versucht.

Wie fängt er es an, sie zu bezahlen? Wo hat er soviel Geld aufgetrieben? Ich habe es noch immer nicht herausgefunden. Doch die Tatsache bleibt bestehen. Er hat bezahlt.

Am 25. Januar 1928 überweist Jean Galmot als echter Don Quichotte triumphierend den vollen Betrag. Um ganz genau zu sein: 22 826 930 Francs und 40 Centimes.

Ein Geschenk für den Staat.

Jetzt hat er alle Fesseln durchschnitten. Nichts hält ihn mehr zurück, nichts bindet ihn mehr an seine Vergangenheit. Hinter ihm steht nur noch sein Schwur, und sein Schwur ruft ihn vorwärts. Vorwärts! Er wird frei von jeder Anklage, vollständig frei, im Besitz seiner ganzen Kraft, noch einmal neu beginnen. Er hat eine Mission.

Was geht in diesem Kopf vor?

Er reist ab, ohne sich auch nur von den Seinen zu verabschieden. Er ist seines Sieges sicher.

Ich schwöre, bis zum letzten Atemzug zu kämpfen. Ich bitte Gott, im Kampf für das Wohl meines unsterblichen Vaterlandes Guayana sterben zu dürfen.

VERGIFTET

Montag, den 6. August 1928, um sechs Uhr morgens, verbreitet sich in Cayenne jäh das Gerücht, daß Papa Galmot im Hospital St. Joseph gestorben sei. Vergiftet.

Es ist schon heiß. Ein schöner, trauriger Morgen. Man hat das Gefühl, daß die Sonne heute noch heftiger stechen wird als sonst.

Papa Galmot!

Das ist doch nicht möglich!

Es dauert nicht länger als fünf Minuten, und die gesamte Einwohnerschaft der Stadt strömt zum Spital.

Vor der Tür sehen sie schon die Leutnants des Chefs, mit gesenktem Kopf, in tiefem Schweigen versammelt.

Eine furchtbare Traurigkeit drückt die Menge nieder. Wie aus einer gärenden Masse bricht hier und dort ein Schwall von rasendem Schmerz aus.

Doch es gibt kühle, klar denkende Köpfe, die sich langsam zu erinnern beginnen . . .

Schon bei den Wahlen von 1924 hatte man einen Sträfling festgenommen, der im Zuchthaus das Amt des Henkers versah und frei in der Stadt herumstreifte. Man hatte einen Dolch und einen großen Geldbetrag auf ihm gefunden. Er gestand, daß er das Geld erhalten hätte, um Galmot zu töten. – Bei der Ankunft des *Oyapoc,* auf dem, wie es hieß, Galmot reiste, war in der ersten Morgendämmerung ein Schuß abgefeuert worden – in die Richtung der Schiffsbrücke, auf einen gewissen Darnal, einen Galmotisten, der an Gestalt Galmot glich. – Zu wiederholten Malen hatten Galmots Freunde das Gericht aufmerksam gemacht, daß die Gegner des einstigen Deputierten ihre Absicht, sich des unbequemen Mannes zu entledigen, laut verkündeten. – Man sprach auch wieder von dem Flugzeug, das beinahe einem Attentat zum Opfer gefallen war.

Jetzt erinnerte man sich noch an ganz andere Dinge! «Alle *Goberisten* wußten, daß Papa Galmot sterben würde», schreibt eine Augenzeugin, die zur Zeit dieser Ereignisse ein zwölf- oder dreizehnjähriges Mädchen war. «Schon im Juli 1928 hatten einige dieser Leute in Martinique geschrieben, Galmot wäre tot. In der letzten Nummer ihrer Zeitung *Le Progrès*, die nach der

Abreise von Eugène Gober erschienen war (mein Papa hat sie aufgehoben), stand, daß Galmot bald als Geist mit den Karton-Deputierten Beratungen abhalten würde. Für den 6. August hatten viele Leute Kuchen und Marzipan-Eis bestellt, andere hatten Champagner gekauft. Sonntag sagte man zu den Galmotisten: ‹ Montag werdet ihr weinen, das Schönste liegt zuunterst im Korb. › Schon Freitag, den 3. August, hatte sich der Bürgermeister von Iracoubo, Lama, nach Trou-Pouson, Sennamary, Malmanany und Kouran aufgemacht, um seinen Anhängern zu verkünden, daß Papa Galmot am Montag an Arsenik verrecken würde. Sie tranken Champagner und tanzten, zur großen Verblüffung der Galmotisten, die sich fragten, welches Ereignis die Goberisten wohl so lustig stimmen mochte. Sie erfuhren des Rätsels Lösung Montag früh, als die ersten Nachrichten eintrafen. Lama feuerte Freudenschüsse ab und trank wieder Champagner, aber die Einwohner von Iracoubo zwangen ihn mit vorgehaltener Pistole, telegraphisch seinen Rücktritt einzureichen. Dann begaben sich einige von ihnen in die Bezirksstadt, um gerichtliche Klage gegen den Mann zu erheben, der wußte, von wem Papa Galmot vergiftet worden war.»

Immer größere Wut ergreift die Menschenmenge vor dem Spital. An Gründen fehlt es nicht. Zweifellos erinnern sie sich jetzt an gewisse dunkle Geschichten von den *piayes* gegen Papa Galmot, für die ganz sicher der Totengräber von Cayenne, Hilarion Laroze, und Jean Clément, die verdammten Seelen, die beide als böse Zauberer bekannt sind, die Verantwortung tragen. Jedermann weiß, daß diese beiden «dreckigen Neger» alle Gifte, die man aus den Kräutern des Waldes braut, aufs beste kennen und daß ihre Zaubersprüche überaus mächtig sind ... Und ist die kleine Adrienne, Galmots Dienstmädchen, nicht die leibliche Nichte von Lama, einem Anhänger von Eugène Gober, dem großen Hexenmeister, der die Toten bei der Wahl mitstimmen ließ und der übrigens vor ein paar Tagen verreist ist?

Eine unermeßliche Wut beginnt sich zusammenzuballen. Die Menge wächst immer noch an. Und jetzt gibt es keinen Papa Galmot mehr, um sie zu beschwichtigen! Seine Feinde werden bald merken, wie unklug sie gehandelt haben!

Zitieren wir noch einmal den Brief der kleinen Zinette, aus dem wir erfahren, wie es an jenem tragischen Montag weiterging:

In allen Gemeinden von Guayana errichtete man Totenkapellen und hielt Leichenwache für den Mann, den das Volk vergöttert hatte; sein Leichnam wurde durch eine seiner Photographien dargestellt, wie es sie in jedem guayanischen Haus gab. Zur Stunde, da in Cayenne die Beerdigung stattfand, sang man überall das Requiem. Das ganze Land war vom Schmerz wie betäubt. Doch bald faßte man sich wieder, und der Wunsch nach Rache machte jeden zum Kämpfer. Aus allen Winkeln des Landes strömte das Volk nach Cayenne, und alle waren mit Gewehren bewaffnet.

Montag früh, als noch alle niedergeschmettert waren, als Schluchzen und Wehklagen jedem Mund entquollen, unterstanden sich gewisse Goberisten, die Menge zu provozieren. Die sah plötzlich rot. Und dann begann das entsetzliche Gemetzel. Frauen, Kinder steinigten, lynchten zuerst Laroze und dann Bougarel. Man verfolgte beide bis in die Häuser, wo sie Zuflucht suchten, und zerfleischte sie buchstäblich. Ihre Gesichter waren fürchterlich anzusehen, die Körper zuckten noch. Man erlaubte keinem, sie aufzuheben, man ließ sie liegen und spuckte auf sie. Laroze wurde fast genau gegenüber dem Polizeikommis-

sariat getötet. Dem Polizeikommissär mitsamt seiner Schärpe und seinen Polizisten gebot man, auf ihren Posten zurückzukehren und nicht einzugreifen, falls sie nicht das gleiche Schicksal erleiden wollten.

In der Nacht vom 6. zum 7. August wurden die Häuser von Jean Clément, Gober und Tébia ausgeplündert. Tébia wurde in seinem Bett erschossen, Jubel in seinem Schlafzimmer. Madame Gober rettete ihr Leben nur dadurch, daß sie den neuen Bürgermeister um Hilfe anflehte. Sie hatte Montag morgen ebenfalls mit Laroze Champagner getrunken und die Frauen von ihrem Balkon aus provoziert: «Galmot ist tot, der weiße Rabe ist tot!» Dienstag früh konnte jeder in die Rue de la Liberté gehen und die Trümmer der gesamten Habe von Gober und Jean Clément betrachten, die ringsum verstreut lagen: Banknoten, die man in einem Schrank gefunden hatte, zerrissen, Schmuck und Silber zerstampft, das Küchengeschirr mit dem Hammer kurz und klein geschlagen, Fässer voll Rum und Wein, Kisten voll Champagner mit der Hacke zertrümmert. Die Zerstörer riefen weinend: «Das war Papa Galmots Geld! Zerstören wir alles, alles!»

Jean Clément verließ sein Haus, eine Zigarette

im Mund, den Regenschirm unterm Arm, von Soldaten umringt. Er war noch nicht fünfzig Schritt weit gekommen, als die Frauen sich auf ihn stürzten. Von da an glich er einem steuerlos gewordenen Schiff im Sturm. Er schwankte mit flehend erhobenen Armen, um Gnade bittend, von einer Straßenseite auf die andere; ein Steinhagel überfiel ihn wie ein Mückenschwarm, Pflastersteine, Ziegel, die ihn an den Schläfen, im Nakken, am Kopf trafen. Er torkelte wie ein Betrunkener, fiel hin, raffte sich wieder auf, sank in die Knie, und die Menge stürzte wutschäumend, wie von Wahnsinn gepackt, über ihn her. «Er ist tot!» hieß es schließlich, und die Leute fielen einander vor Freude um den Hals. Die Soldaten machten aus ihren Gewehren eine Bahre und trugen ihn ins Gefängnis. Doch die Volksmenge drückte die Gefängnistüren ein und schlug aufs neue mit Stöcken, Stuhlbeinen, Pflastersteinen auf ihr Opfer los. Dabei war Jean Clément noch immer nicht tot. Er hatte ein zähes Leben. Eine ganze fürchterliche Nacht lang rief er nach seinen Verwandten und Freunden, delirierte, rief Papa Galmot um Hilfe an und hauchte erst am Morgen seine Seele aus. Die Pfarrer weigerten sich, seine Leiche einzusegnen und zu begraben. Auch die Freimaurer versagten ihm jede Ehrung, obwohl er Meister der Loge war. Die Soldaten mußten den Leichenwagen schützen, und der Untersuchungsrichter ging mit dem Finger an den Lippen voran, um die Menge angesichts des Todes zum Schweigen zu ermahnen. Herrgott, wie schlecht muß dieser Mensch zu seinen Lebzeiten gewesen sein, um noch im Tode so gehaßt zu werden!

Alles in allem gab es sechs Tote und mehrere verwüstete Häuser. Die Lautieristen waren gezwungen, sich schleunigst einzuschiffen und das Land zu verlassen, die Goberisten mußten sich verstecken und sich ganz still verhalten. Das Avisoschiff *Antares* kam wieder, wie zwei Monate zuvor, als die zweite Wahl von Eugène Lautier für rechtskräftig erklärt wurde, und setzte fünfzig Marinefüsiliere und fünfzig Gendarmen an Land.

Eben diese Bestätigung der Wahlergebnisse vom April 1928 hatte Feuer an das Pulverfaß gelegt. Eugène Gober hatte wieder die Toten mitstimmen lassen. 1700 oder 1300 oder 2100?

Es kommt nicht darauf an.

Das Land war schon seit 1924 in Gärung. Jetzt zog die aufs äußerste aufgebrachte Menge vor den Gouvernementspalast. Die Leute waren bewaffnet. Ihre Absichten waren unverkennbar.

Gouverneur Maillet verlor offenbar den Kopf. Er ließ Jean Galmot kommen und verhaftete ihn.

Galmot lachte herzlich über diesen Schnitzer.

In Guayana hatte es in den letzten dreißig Jahren vierzig Gouverneure gegeben. M. Maillet war eben erst gelandet und kannte sich noch sehr wenig aus.

Glücklicherweise vermochte man dem Gouverneur begreiflich zu machen, daß es um den Landesfrieden und um sein eigenes Leben ging. Er mußte Galmots Bedingungen annehmen und ihn auf freien Fuß setzen. Man forderte die Demission von Bürgermeister Gober und seiner ganzen Clique im Gemeinderat. Und natürlich neue Gemeindewahlen unter Gewähr der Legalität.

Armer Jean Galmot! Ein Don Quichotte bis zum bitteren Ende. Hatte er denn aus seinen Erfahrungen gar nichts gelernt? Glaubte er immer noch an die Legalität? Es gelang ihm nie, von seinen bäuerlichen Ursprüngen und seiner gutbürgerlichen Redlichkeit loszukommen. Er wollte keine politischen Abenteuer. Dabei wäre die Gelegenheit so günstig gewesen!

Er wollte den Vorschlägen, die ihm seit einiger Zeit von fremden «Geschäftsleuten» gemacht wurden, nicht sein Ohr leihen. Man hatte ihm Waffen und Geld angeboten. Er sollte die unabhängige autonome Republik Guayana ausrufen, die Beamten aus dem Land jagen und sich unter den Schutz Brasiliens, der großherzigen Mutter der Schwarzen, oder aber der Vereinigten Staaten, der wachsamen Hüter der südamerikanischen Freiheit, stellen. In beiden Fällen, das garantierte man ihm, hätte die Monroe-Doktrin gespielt. Was hätten die sechshundert Mann Garnison und das einsame Avisoschiff, das in diesen Breiten herumkreuzte, dagegen ausrichten können? Und was hätte die Regierung in Paris schon viel unternommen?

Galmot verfügte über zwei Schiffsladungen Waffen, die man bereits ins Land geschmuggelt hatte, und eine gewisse Gruppe versprach ihm den Kronschatz der Romanow. Er brauchte nur einzuschlagen.

Nein! Jean Galmot glaubt noch immer an die

Legalität. Sein gut französisches Erbe ist stärker. Er wird einzig mit gesetzlichen Waffen kämpfen. Und vorerst sieht es aus, als hätte er den richtigen Weg eingeschlagen.

Bei den Gemeindewahlen wird seine Liste einstimmig gewählt und er selber zum Bürgermeister von Cayenne ernannt.

Doch er tritt noch am gleichen Tag zurück. Der Gouverneur hat ihm erklärt, um der Ruhe im Lande willen würde er gern einen anderen an seiner Stelle sehen. Und gewählt wird Quintrie, der falsche Bruder.

Jean Galmot ist immer noch der Mann, der seine Feinde schützt, der Führer, der vom Fenster des Gouverneurspalastes aus die brüllende, zu Mord und Totschlag aufrufende Menge beschwichtigt, die ihn gewaltsam befreien will – und der dabei die Handschellen, die man ihm angelegt hat, verbirgt. Er beruhigt die Leute mit einem Wort, einer Geste, und veranlaßt sie, nach Hause zu gehen. Seine Ansprache ist schön, aber man ist von seiner Haltung enttäuscht.

Worauf wartet er denn noch?

Armer Jean Galmot! Er ahnt nicht, daß sein Todesurteil schon unterzeichnet ist.

Dabei hatte er doch eine Vorahnung gehabt... Warum wollte er nicht lieber alles wagen und wenigstens kämpfend fallen?

Hilarion Laroze, *le Larvré* genannt, singt hinter seiner Hütte:

O Macoumba!
Ich bin's, der die Dornen am Kreuzweg gesät hat.
O Bala-cuché, o Beberebé, Babarabà,
O Caté-rété, samba de malacabà,
a é bamba!
O Chango!
Ich bin's, der den Brei aus dem Blut des schwarzen Hahns und dem Kot des Zickleins verrührt hat.
O Bala-cuché, o Beberebé, Babarabà,
O Caté-rété, samba de balacabà,
a é bamba!
O Chala!
Ich bin's, der den mit ungeborenen Bisamkätzchen vollgestopften Bock im höchsten Wipfel des abgestorbenen Baumes aufgehängt hat.
O Bala-cuché, o Beberebé, Babarabà,

O Caté-rété, samba de balacabà,
a é bamba!

Der schwarze Magier singt, und sein ganzer Körper windet sich in furchtbaren Verrenkungen.

Im April 1928, knapp nach seiner Ankunft in Guayana, von wo er nicht mehr zurückkehren sollte, hatte Galmot einem Freund in Angoulême einen Brief geschrieben, der eine Art Testament darstellt:

Ich habe nichts mehr auf der Welt außer meiner Frau, meinem armen, kranken Sohn und meiner alten Mutter. Ich hätte mit meinen Lieben glücklich in meiner Heimat leben können. Ich habe sie verlassen, um den Schwur zu halten, den ich am 15. März 1924 geleistet habe. Ich liebe die Freiheit mehr als mein Leben. Und mehr als alles andere auf der Welt liebe ich die Seele meiner Freunde in Guayana, ihre wogende, zarte und schwierige, ritterliche und katzenartige Seele, in der ich meine eigene angeborene Weichheit wiedererkenne. Ich weiß nicht ... Ich liebe Guayana so sehr, daß ich ihm mein Leben opfere. Sicher wird man mich demnächst töten, aber ich glaube, ich werde auch gerächt werden. Was liegt daran, wenn ich nur meinem Land die Freiheit gebracht habe!

Weichheit ... Das ist das richtige Wort. Das hat ihn gehindert, mit der Waffe in der Hand einzuschreiten. Doch wer weiß ... Vielleicht hat Galmot nur noch sein inneres Leben gelebt ...

Freitag, den 3. August, wurde er von einer sonderbaren Übelkeit erfaßt und hatte Schmerzen im ganzen Kiefer. Man dachte an einen Zahnabszeß. Bei der gerichtlichen Untersuchung stellte es sich dann heraus, daß der Rasierapparat, den er zu gebrauchen pflegte, ohne sein Wissen zu Hilarion Laroze gebracht worden war.

Sonntag, den 5. August, schaffte man ihn ins Spital. Er hatte die Nacht in unerträglichen Schmerzen ganz allein in seiner Wohnung verbracht. Adrienne, sein Dienstmädchen, hatte Samstag abend das Haus verlassen, nachdem sie ihm zum Nachtessen eine Suppe gekocht hatte. Er erklärte Dr. Riveraz, der ihn behandelte: «Es ist die kreolische Suppe, die Adrienne mir Samstag abend gegeben hat! Ich bin vergiftet!»

Die Schmerzen waren entsetzlich. Der Todeskampf dauerte lange. Er flehte die Krankenschwestern an, aus dem Zimmer zu gehen, ihn allein zu lassen, um nicht die furchtbaren Qualen, die ihn zwangen, sich auf dem Fußboden zu winden, mitanzusehen. Er legte dem Bischof von Cayenne, Mgr. de Lavalle, eine ausführliche Beichte ab. Seine letzten Worte waren: «Ach, diese Schweine, diese Schweine! Jetzt haben sie mich erwischt!»

Der Untersuchungsrichter Mattei stellte Tod durch Vergiftung fest. Bei der Autopsie hatte man im Darm eine abnorm hohe Menge von Arsen gefunden.

Hier folgt, ohne jede Auslassung, die einzige bisher bekannte Seite aus dem Buch: *Das doppelte Dasein*, das Jean Galmot lange vor seinem Tod vollendet hatte. Das Manuskript ist rätselhafterweise verschwunden.

Das Leben von vorn beginnen? Die Worte haben keinen Sinn. Habe ich mein Schicksal gewählt? Eines Tages bin ich ausgezogen – eine Kraft trieb mich. Warum gerade diesen Weg und keinen anderen? Ich weiß es nicht. Auf der federnden Erde haben meine Schritte keine Spur zurückgelassen. Das Leben lief auf jeder Seite des Weges ab wie auf einer Filmleinwand. Das Leben wimmelte heiß durcheinander, wie wenn im ausgedorrten Urwald die Tiere, vom Durst getrieben, auf dem Platz, wo sich ihre Pfade kreuzen, zusammenströmen und wild gegenein-

Wieviele Existenzen hast du durchlebt? Eine
ander anrennen.
einzige? Dann kennst du das Leben nicht. Dann bist du wie ein übersättigter Blinder, der am Ufer des Flusses sitzt. Du, du kannst dein Leben wieder von vorn beginnen und dir den Platz aussuchen, auf dem deine Seele versumpfen wird.

Aber ich, ich habe unter allen Himmeln der Welt gelebt, unter dem rotflammenden Firmament der Tropen, in den Sandwüsten der Einsamkeit. Ich sah ganze Karawanen von Menschen vorbeiziehen, kämpfen, genießen, einander um Geld und Liebe erwürgen, das heißt, noch einmal leben.

Mein narbenbedeckter, alter Körper hat alles kennengelernt, strahlenden Ruhm und tiefe Schande, Prunkpaläste und Leichengruben, unter den Passatwinden und im Gedränge der Städte. Ich habe nichts mehr vom Leben zu lernen. Warum sollte ich es nochmals beginnen?

Das Leben neu beginnen? Meine von vielen Wegen geblendeten Augen haben kein Bild bewahrt außer schillernden Alpträumen – vierzig Jahre täglicher, stündlicher Kampf gegen die reißenden Bestien des tropischen Urwalds und die reißenden menschlichen Bestien. Den langen Traum noch einmal träumen? Nein!

«Von wem sprichst du?»

Das stimmt – einmal kam eine Frau . . . Es ist nur noch ein Bild, das sich meiner Seele eingebrannt hat, ein fernes, ganz fernes Leuchten in der inneren Dunkelheit.

Ihre Augen, Licht im Licht, sind die einzige Erinnerung. Um ihretwillen möchte ich noch einmal beginnen. Wo ist der Mann, der nicht den blutigen Weg, der der meine war, vor Freude weinend noch einmal gehen würde, um dieser Frau zu begegnen?

Als ich kürzlich in London mit einer der bedeutendsten Persönlichkeiten der City, einem großen Finanzmann, der ihn gekannt hatte, über Jean Galmot sprach, sagte er:

«Bei uns in England wäre Jean Galmot der Cecil Rhodes von Guayana gewesen!»